마 in 화산

용훈 新무협 판타지 소설

FANTASTIC ORIENTAL HEROES

마 in 화산 2

용훈 新무협 판타지 소설

초판 1쇄 찍은 날 § 2013년 9월 16일
초판 1쇄 펴낸 날 § 2013년 9월 23일

지은이 § 용훈
펴낸이 § 서경석

편집부장 § 권태완
편집책임 § 박가연
디자인 § 신현아

펴낸곳 § 도서출판 청어람
등록번호 § 제1081-1-89호
등록일자 § 1999. 5. 31
어람번호 § 제2-2398호

주소 § 경기도 부천시 원미구 심곡2동 163-2 서경B/D 3F (우) 420-822
전화 § 032-656-4452팩스 § 032-656-4453
http://www.chungeoram.com
E-mail § chungeorambook@daum.net

ISBN 978-89-251-3470-3 04810
ISBN 978-89-251-3468-0 (세트)

2

마 in 화산

용 훈 新무협 판타지 소설

FANTASTIC ORIENTAL HEROES

도서출판 청어람

目次

第一章	7
第二章	59
第三章	85
第四章	107
第五章	157
第六章	197
第七章	265
第八章	299

第一章

　장내의 모든 이가 심장이 얼어붙은 표정으로 염세악을 쳐다봤다.

　그렇다면 방금 전 눈 깜짝할 사이에 천진벽력당의 당주가 무공이 전폐되었단 말인가?

　염세악과 쓰러진 육기헌의 거리는 대강 짐작으로도 십 장이 넘었다.

　정신을 잃고 쓰러진 육기헌과 저승사자 같은 얼굴을 하고 있는 염세악을 번갈아 쳐다보는 중인의 머릿속엔 오직 한 가지 생각만이 가득 차올랐다.

'이것이 진정 가능한 일이란 말인가?'

"화산파 문규 십칠 조!"

귀청을 울리는 외침이 웅성거리는 소란을 갈랐다.

"제일! 화산파의 절기를 전수받은 문외제자는 그 은혜를 잊지 말 것이며! 제이! 산중 수도에 전념하는 본산의 어려움을 살피고 보탬이 되도록 기여한다!"

염세악의 추상같은 말이 명부를 관장하는 염왕의 심판처럼 울려 퍼졌다.

"이 말이 무슨 뜻이냐!"

"……."

염세악은 노한 눈길로 운집한 사람들의 시선을 하나하나 찍어 누를 듯 노려봤다.

"여기가 뭐하는 곳이냐! 바깥세상과 통하는 문을 닫고 세속과 인연을 끊은 채 평생을 산중에서 수양에만 매진하는 도문이다!"

'태사조님……'

예상치 못한 전개에 화산파 장로들을 비롯한 모든 문인이 황망함을 감추지 못하고 있을 때 화산파의 살림을 책임지는 총림당의 당주 왕심봉이 염세악의 호통을 들으며 가슴이 뭉클해졌다.

오직 그만이 염세악이 무엇을 말하고자 하는 것인지, 왜 속가자제들에게 진노한 것인지 깨달았기 때문이다.

"지금 네 녀석들의 화산파가 어떤 지경인 줄 아느냐! 밥벌이를 몰라 기껏 하는 것이 약초나 캐고 나무를 해서 내다팔고, 먹을 것이 없어 해가 뜨기 전에 일어나 밤이 올 때까지 밭을 일구고, 도 닦는답시고 호롱불 아래서 기를 쓰고, 무예를 수련하겠다고 석등에 의지해 몸을 쓴다."

화산파 장로들과 문하 제자들이 염세악의 말에 부끄러움으로 고개를 떨어뜨렸다.

염세악이 그 모습을 보곤 노해 부르짖었다.

"고개 들어!"

"……!"

순간 깜짝 놀란 화산파 문인들이 움찔해 고개를 들었다.

"너희가 왜 고개를 숙여! 죄졌어? 고개를 숙일 놈도 따로 있고, 입이 열 개라도 할 말이 없는 놈도 따로 있다!"

시선은 화산파 본산 문인에게 향하고 있었지만 말은 그들에게 하는 것이 아니었다.

표정이 굳어지는 이는 속가제자들이었다.

바보가 아닌 바에야 염세악이 입에 담는 '놈'이 누굴 지칭하는지 모를 리가 만무했다.

"화산파가 무림세가더냐! 권력과 돈에 다툼을 벌이는 방파더냐! 수양만 하고 세상사에 관심도 없는 도문이 출가도 하지 않는 속인을 제자로 받아들인 연유가 어디에 있느냐!"

"……."

"심산유곡에서 세상과 단절하고 수양하는 자가 먹고! 싸고! 입고! 자는데 필요한 것들을 구하는 데 어려움이 있으니 시주 좀 하라고! 돈 좀 내고 네놈들을 문외제자로 받아들인 것이 본질이다!"

염세악의 말은 시장 바닥을 굴러다니는 속된 말처럼 신랄했다.

"시주 좀 하고 돈 좀 내라는 그 말조차도 순진하고 어수룩하고 순해 빠져서 빙빙 돌려서 문규에다 은혜를 잊지 말라, 어려움을 살피라, 보탬이 되라고 어정쩡하게 말해놓았다! 세속에서 구를 대로 구르고 때가 탈 만큼 탄 네놈들이 이 말 뜻을 몰랐다고 할 테냐!"

어느새 주위가 쥐 죽은 듯이 조용해졌다.

불만에 가득 찬 이도, 화가 치민 이도, 황당해하던 이도, 모두 고개를 숙였다.

"화산파의 이름을 받고, 화산파의 무학을 전수받아 그 배경으로 등 따시고 배부르게 살면서 그깟 돈 몇 푼이 그리도 아깝더냐! 애비애미가 가난하면 딴 애비애미로 갈아탈 염치도 없고 수치도 모르는 놈들! 부끄러운 줄 알아!"

과격함을 넘어선 막말이 쏟아져 나왔지만 추측 불가능한

염세악의 힘에 기가 죽고 신랄한 비난에 나서봤자 좋은 모양새가 아니라 하나같이 꿀 먹은 벙어리처럼 그저 서로 눈치 보기에 바빴다.

반대로 염세악의 세속적인 언사에 부끄러움을 느끼면서도 속가제자들의 눈치를 보느라 안절부절못하던 화산파 문인들은 어느새 어깨를 펴고 고개를 치켜들었다.

특히나 왕심봉은 수십 년 묵은 체증이 내려간 듯 실로 통쾌함을 주체할 수 없어 만면에 웃음이 가득했다.

"봉아."

염세악이 누군가를 불렀다. 아무런 대답이 없자 염세악이 인상을 쓰며 고개를 돌렸다.

"봉아!"

"……?"

왕심봉은 염세악이 고개를 돌려 자신을 정확히 쳐다보자 화들짝 놀랐다.

"저, 저 말입니까?"

"그럼 너 말고 여기 봉아가 누가 있어?"

"예, 예! 태사조님!"

왕심봉은 실로 오십 년 만에 들어보는 애칭을 느낄 사이도 없이 당황해 얼른 종종걸음으로 염세악에게 다가왔다.

"가서 내전에다 지필묵 준비해."

"예?"

염세악은 바보처럼 의아한 표정을 짓는 왕심봉을 보며 혀를 찼다.

'으이그! 저걸 살림살이를 책임지는 인사랍시고 자리에 앉혀놓다니.'

"이놈아! 돈 낼 놈들 이름 적고 빨리빨리 내보내야 될 거 아니냐!"

"아!"

그제야 무슨 말인지 안 왕심봉이 허연 눈썹이 휘날리도록 후다닥 뛰어갔다.

염세악이 고개를 돌려 다시 속가제자들을 바라봤다.

"줄 서!"

"……?"

염세악은 멀뚱거리는 무리를 보며 한숨을 터뜨렸다.

'늙은 놈이나 어린 것들이나 대가리에 뭐가 들었는지……'

"아, 집에 안 가고 싶어! 빨리빨리 돈 놓고 갈 놈들은 가!"

순간 염세악의 말에 질식할 것 같던 침묵이 깨지며 시장통을 방불케 할 정도로 웅성거림이 커졌다.

염세악이 뒷짐을 진 채 등 뒤의 내전으로 발길을 돌리며 말했다.

"한 번에 한 놈씩 들어와라."

문턱을 막 넘으려는 염세악이 깜빡했다는 듯 이마를 탁 치며 소리쳤다.

"산문을 지키는 제자는 유시(오후 5시)가 되면 문 걸어! 그때까지 일 다 못 본 놈들은 대충 아무 데나 구겨 자고. 튀는 놈은 죽을 줄 알아!"

"……!"

순간, 웅성거리던 속가제자들이 몇 번 눈을 깜빡하더니 아귀 다투듯 줄을 먼저 서려 난리가 났다.

*   *   *

"한 식경 후부터 각각으로 면담을 진행할 것이니 미리 준비토록 하시오. 인원이 많은 관계로 개별 주어진 시간은 일각뿐이오."

청년 도사가 짧게 언질을 준 후 사라지자 한마디도 입을 떼지 않던 속가제자들이 중구난방으로 저마다 떠들어댔다.

속내야 어떨지 모르지만 대부분 얼마를 낼 것인가가 이야기의 주된 화두였고 그 뒤를 이은 것은 어떻게 해야 최소한으로 적게 낼 것인가였다.

돈을 내놓으라는 화산파의 입장에 불만을 품고 기세등등

하던 모습은 찾아볼 수 없었다.

"젠장! 뭘 어쩌라는 거야? 도대체 얼마나 내놓으라는 소리야?"

"목소리를 낮춰라."

"왜요? 그새 간이 쪼그라드셨수?"

"이놈이?"

줄지어 서 있던 이들 중 이십대로 보이는 청년 둘이 티격태격했다.

눈처럼 새하얀 백의 무복에 작은 매화나무가 오른쪽 가슴을 수놓은 똑같은 복장을 한 청년들.

식견이 있는 일부는 청년들이 산서의 명가인 설매산장의 사람임을 알아보았다.

다소 삐딱한 인상인 청년이 그와는 정반대로 품행이 단정해 보이는 청년을 향해 말했다.

"미리 말해두지만 난 여기서 단 하루도 보낼 생각 없수. 괜히 이 핑계 저 핑계 대서 피 보지 말고 본산에서 원하는 금액 후딱 주고 내려가기요?"

"아둔한 자식."

"뭐요?"

삐딱한 인상의 청년, 설매산장의 은호열이 형 은호청의 말에 발끈해 눈썹을 치켜세웠다.

"본산에서 적당히 성의를 보이라는 말이 그저 돈 몇 푼인 줄 아느냐?"

"그래서 뭐?"

불량한 눈빛으로 반문하는 은호열의 태도에 은호청이 한심하다는 표정을 지었다.

"지금 우리가 수중에 있는 돈을 전부 합쳐 봐야 은자 부스러기뿐이다."

하지만 은호열은 무슨 뚱딴지같은 소리냐는 듯 심드렁하니 대꾸했다.

"무슨 소리야? 어음 한 장 써주면 될 것 가지고. 똑똑하고 잘나신 형님께서 머리가 둔해지셨구만."

"이 한 번으로 끝날 것 같으냐?"

"……?"

둘의 티격태격하는 대화에 어느새 주변 사람의 이목이 집중됐다.

"한 번을 용인하면 끝없이 요구해 오는 게 사람이다."

은호청의 말에 주변 사람들이 고개를 끄덕거렸다.

"빙빙 돌리지 말고 쉽게 말하쇼. 그래서 어쩌겠다는 거요? 사이좋게 둘이서 무공 전폐당하고 그냥 탈문하자 이거요?"

"아둔한 놈. 탈문이 우리 둘만으로 끝날 것 같으냐? 아버지와 본가의 식솔들은 어쩌고?"

은호청의 말에 은호열의 삐딱한 눈초리가 새파란 독기를 표출했다.

"두 번 참았어. 한 번만 더 아둔하다는 소리를 지껄여 봐. 본산 안마당에서 개망신 당하기 싫으면."

"이……!"

은호청이 그 말에 낯빛이 붉으락푸르락하게 변해 은호열을 노려봤다.

하지만 평소 체면을 중요시하는 은호청은 주변의 시선을 의식하며 치밀어 오른 화를 애써 억눌렀다.

"평생을 산중에서 수양만 해온 도사들이 세상 물정을 알까?"

은호열이 그 말에 '그래서 뭐?' 라는 표정을 지었다.

"어음을 쓰면 증표가 된다. 하지만 주겠다, 약조를 하면 말이 좀 다르지."

순간 그의 말에 눈치 빠른 대부분의 사람이 '아!' 하는 탄성을 자아냈다.

하지만 그쪽으로 영 꽉 막힌 은호열은 말뜻을 이해하지 못하고 구시렁거렸다.

"난 또 무슨 소리라고. 어음이나, 약조나 문서로 쓰긴 매한가지인데 다르긴 무슨!"

"다르다."

"……?"

멀리 도관 앞을 거닐고 있는 화산파 도사들을 힐끗 본 은호청의 목소리가 작아졌다.

"명확한 금액과 보증으로 어음을 쓰게 되면 그건 바로 돈으로 융통할 수 있다. 하지만 보탬이 되겠다, 문서로써 약조하는 것은 확실히 다르다."

"보탬? 그렇게 애매하게 말하… 아!"

그제야 무슨 뜻인지 뒤늦게 깨달은 은호열이 입을 벌렸다.

"결정권이 없고. 사안이 중하여. 본가에서 상의하여. 가까운 시일 안에. 최대한 성의를 보여. 인편으로 보내겠다. 이렇게 약조문을 작성하는 것이다."

"……"

은호열이 빤히 은호청을 쳐다봤다.

확실히 은호청이 강구한 방안은 나쁘지 않았다. 나쁘지 않은 정도가 아니라 기가 막힐 정도였다.

얼핏 보면 모든 조건을 순순히 받아들이는 말이었지만 따지고 보면 어느 것 하나 확실히 약속하는 말은 한 구절도 없었다.

하물며 눈 감으면 코 베는 세상에서 도경이나 줄줄 욀 줄 알지 물색 모르는 도사들이 이런 것을 간파할 영악함을 갖고 있기나 하겠는가.

한마디로 글 몇 줄 써주고 입 싹 닦겠다는 소리다.

은씨 형제의 대화를 듣고 있던 주변 사람들도 옳거니라는 표정으로 무릎을 쳤다.

'나쁘지 않군.'

왼쪽 눈썹에서부터 턱 밑까지 선명한 자상이 흉터로 남아 있는 홍화순이 바로 앞의 은씨 형제를 보며 고개를 끄덕였다.

항주 일심무관을 대표해서 온 그는 귀찮고 짜증스러운 마음으로 발걸음했다가 예상치 못한 전개에 감이 좋지 않았다.

그는 아직도 선명하게 뇌리에 각인된 불과 몇 분 전의 경악스러웠던 장면을 떠올렸다.

천진벽력당의 당주가 반항 한 번 해보지도 못하고 허공에서 버둥거리다 무공을 전폐당해 버린 그때를.

그리고 이어진 검신의 엄포.

선택지는 둘 중 하나였다. 돈을 내든, 그렇지 않으면 무공을 전폐하고 탈문의 절차를 밟는 것.

홍화순은 애초부터 화산파의 덕을 볼 생각은 눈곱만치도 없었다.

가문이 항주에서 일심무관이란 보잘 것 없는 이름으로 대를 이어왔지만 그 이면에는 밤의 무림이라 일컫는 흑회를 일통한 '청방(靑幇)'이란 또 다른 이름이 그의 진짜 배경이니까.

온갖 음모와 암수가 난무하는 흑회에서도 독심과 불굴의 의지로 '혈표(血豹)'라는 별호까지 얻은 그였지만 검신의 위엄은 실로 모골이 송연할 정도로 두려운 것이었다.

그렇다고 요구를 들어주자니 두고두고 내려놓을 수 없는 짐 덩어리 하나를 등에 질 것 같아 개운치 않던 차에 은씨 형제의 말은 그의 귀를 솔깃하게 만들었다.

홍화순은 품에서 전표 한 장을 꺼내 내려다봤다.

은 이백 냥.

은 한 냥이면 일가족이 일 년을 걱정 없이 먹고살 금액이니 보통 큰 액수가 아니다.

흑회의 질서는 힘과 금으로 움직인다. 그것이 습관이 돼서 혹시라도 쓸 일이 있을까 싶어 준비한 돈이었다.

홍화순은 은씨 형제의 계책보다 한발 더 나아갔다.

당장 눈 가리고 아웅식으로 덮는 것보단 뒤탈 없이 확실히 만들고 깨끗하게 손을 터는 것. 은 이백 냥이라면 충분히 그러고도 남을 것이란 판단이었다.

그때 그의 등 뒤에서 한심하다는 듯 혀를 차는 소리가 들려왔다.

"치! 돈 몇 푼 원하면 주면 되는 걸 가지고. 꼴사납긴."

홍화순이 흘깃 뒤를 돌아봤다.

화사한 홍의 궁장 차림에 그 아름다운 옷마저 무색하게 만드는 소녀.

화소옥은 옆구리에 찔러둔 전낭에서 전표 두 장을 꺼내 들었다.

각각 금 백 냥짜리의 전표.

보화전장의 금지옥엽인 화소옥은 정주갑호에서 공짜로 낼름한 전표를 보다 한 장을 고이 접어 가슴속으로 쏙 집어넣었다.

"한 장 적선해도 한 장 남으니까 남는 장사네. 이 정도 액수면 가난한 살림에 놀라 자빠지겠지? 호호!"

화소옥에게 근심 따위는 없었다.

돈이야 넘쳐나니 인심 후하게 한 장 던져주고 어서 빨리 산을 내려가고 싶을 뿐이었다.

본산의 부름을 받았다는 핑계로 얻어낸 자유였다. 세상을 맘껏 돌아다니며 하고 싶은 거 다 해볼 계획까지 다부지게 세워놓은 것이다.

그런 화소옥과는 전혀 상반되는 분위기의 여인이 기다란 줄 한편을 채우고 있었다.

흰 면사를 드리운 갓을 눌러쓴 도포 차림의 여인.

연화팔문의 차기 문주로 내정된 백소령은 앞 차례의 화소옥의 웃는 모습을 무심히 바라봤다.

'화산파와 우리 연화팔문은 인연이 끊긴 지 오래다. 지금의 우리가 있기까지 화산파에서 해준 것은 아무것도 없다. 후학을 양성한 것도 연화팔문 안에서였으며 위기를 극복하고 환란을 함께한 것도 오직 우리 연화팔문의 문도들이었다.'

스승의 말을 떠올린 백소령은 입매를 굳혔다.

그녀는 화산파의 요구를 들어줄 생각이 없었다. 천진벽력당의 당주가 무공이 전폐되는 것을 보며 놀라기는 했지만 두렵지도 않았다.

백소령은 화산파에 당당히 말할 생각이었다. 오늘날 연화팔문이 있기까지 그들이 해준 것은 없기에 정의와 명분은 연화팔문에 있다고 여겼기 때문이다.

부끄러워하고 반성해야 할 쪽은 이쪽이 아니라 화산파였다.

'너를 보내는 것은 그것을 확인하고 이제 인연을 끊을 때가 되었음을 확신하기 위함일 뿐이다.'

백소령은 스승의 당부를 곱씹으며 각오를 다졌다.

"그럼 둘 중 한 놈은 남아."

"예?"

은호청, 은호열 형제가 뜨악한 표정을 지었다. 그리고 다음 차례를 기다리며 미리 들어와 대기하고 있던 홍화순과 화소옥, 백소령도 반사적으로 고개를 들어 은씨 형제와 염세악을 쳐다봤다.

예상치 못한 답변에 당황한 은호청이 서둘러 대답했다.

"태사조님, 약조문을……."

"그러니까! 둘 중 하나는 돈을 가져올 때까지 여기서 한동
안 지내라고 하잖아!"

염세악이 짜증이 난다는 듯 목소리에 날이 섰다.

당황한 은호청이 버벅대자 은호열이 인상을 쓰며 끼어들
었다.

"태사조님! 본가의 이름으로 약조하는 문서입니다. 우리
설매산장은 산서의 명가로서 약속을 어긴……."

"그걸 어떻게 믿어?"

"……!"

염세악의 고개가 삐딱하게 기울었다.

"니들하고 내가 종이 쪼가리로 믿을 수 있을 만큼 깊은 사
이도 아니잖아?"

"그, 그것은……."

하늘 무서운 줄 모르는 은호열도 염세악의 노골적인 지적
에 일순 말문이 막혔다.

두 형제가 나란히 당황한 표정을 지으며 난관에 봉착했을
때 염세악은 코웃음을 쳤다.

'눈깔 돌아가는 거 봐라. 요 귀여운 원숭이 자식들. 한동안

이 부처님 손바닥 안에서 재롱이나 떨어라.'

염세악은 틈을 줄 생각이 모기 눈알만큼도 없었다.

"빨리 결정해! 누가 남을 거야?"

염세악이 다그치자 은씨 형제가 움찔해 서로를 쳐다봤다. 그리고 약속이라도 한 것마냥 동시에 소리쳤다.

"네가 남아라!"

"형이 남으시오!"

순간 서로를 가리킨 손가락을 보며 둘이 표정을 일그러뜨렸다.

"감히 형의 말을 거역할 셈이냐!"

"웃기는 소리! 내가 왜 여기 남아야 한단 말이오!"

"이놈! 나는 가주 대행으로 본가를 이끌어야 하는 막중한 책무가 있다!"

"본가를 대표하는 소가주면 소가주답게 솔선수범을 알아야지! 이거야 원!"

"뭣이?"

"뭐요? 지금 해보자는 거요?"

염세악은 은씨 형제가 저들 집 안방마냥 티격태격 고성을 내지르는 꼴을 보며 두 손으로 귀를 틀어막았다.

"아, 귀 따가워! 이놈들아!"

버럭 호통을 친 염세악이 둘을 보며 한마디로 정리했다.

"그냥 둘 다 남아!"

"……!"

순간 두 형제의 표정이 흙빛으로 변했다.

염세악은 더 볼일 없다는 듯 소리쳤다.

"다음!"

"잠, 잠시만! 태사조님!"

"명을 받자옵니다!"

은호청이 얼이 빠진 표정으로 넙죽 읍하는 동생 은호열을 쳐다봤다.

은호열은 '뭐 어쩔거냐?' 라는 눈으로 은호청을 마주 쳐다 봤다.

"너! 이 자식?"

은호청이 대번에 은호열의 멱살을 틀어쥐었다.

하지만 은호열은 은호청의 구겨진 얼굴 표정을 보며 통쾌한 듯 웃었다.

그에게 이후에 벌어질 일 따윈 관심조차 없었다. 그저 단정한 형의 얼굴을 일그러지게 만든 것이 기쁠 따름이었다.

홍화순은 내전 밖으로 나갈 때까지 고성을 지르며 소란을 떤 은씨 형제들을 지켜본 뒤 굳어진 표정으로 염세악 앞에 섰다.

염세악의 곁에서 그와 대면하는 속가제자들의 출신 내력과 면담을 통한 일련의 결과를 빠짐없이 기록하던 왕심봉이 늙수그레한 목소리로 말했다.

"항주 일심무관의 자제입니다. 삼 대째 본산의 문외제자를 이어왔습니다."

"음."

고개를 끄덕인 염세악이 홍화순을 유심히 쳐다봤다.

홍화순은 최대한 무덤덤한 표정을 지으며 염세악에게 공손히 허리를 숙였다.

'튀지 말자.'

홍화순은 최대한 평범해 보이려 심지를 가다듬었다.

"홍화순이라 하옵니다, 태사조님. 아버지가 와병 중이라 장문인의 부름을 지키지 못했나이다. 송구하옵니다."

정중한 예법과 흠집 없는 말이다.

하지만 염세악은 찰나지간 눈살을 찌푸렸다.

'무관? 칼빵 맞은 낯짝은 딱 흑회 쪽인데?'

감이 그렇게 말하고 있었다.

무림에서 논하는 급소와 다르게 흑회의 무리가 가장 즐겨 쓰는 것이 독이며, 그다음으로 비수로 눈을 파내고 내장을 뜨는 것이 전형적이며 변함없는 흑회의 전통이니까.

소싯적에 흑회와 한바탕 살풀이를 벌인 횟수가 두 손 두 발 다 꼽아도 모자랄 지경인 염세악은 자상만으로 한눈에 꿰뚫어 봤다.

'이것 봐라?'

염세악의 눈길에 의심이 묻어 나왔다.

"그래, 무관에 별 어려움은 없고?"

"무관의 제자들 수가 줄고 있기는 하지만 아버님이 항주의 토박이고 인망이 두터우셔서 큰 어려움은 없습니다."

"그래. 넌 얼마나 낼 테냐?"

염세악이 고개를 끄덕이며 단도직입으로 묻는 말에 홍화순이 품에서 전표를 꺼내 공손히 내밀었다.

"흠!"

염세악이 서탁 앞으로 내민 전표를 당겨 거꾸로 돌렸다.

"흐음."

곁에 있던 왕심봉이 전표의 액수를 보다 헛바람을 집어삼켰다.

"헉! 은 백, 백 냥?"

홍화순이 염세악과 왕심봉의 표정을 살피며 공손히 아뢰었다.

"병석에 누워 계신 아버지께서 본산의 부르심을 받으시고 그동안 본산을 살피지 않은 것에 많이 자책하셨습니다. 시일이 촉박한 관계로 아버지가 가산을 일부 급히 정리하시어 소자에게 약소하지만 챙겨 가라며……."

"오오! 일심무관의 홍 관주는 실로 본산의 문외제자로서 귀감이 될 인재로다!"

왕심봉이 홍화산의 말에 탄복을 금치 못하며 연신 허연 수염을 쓰다듬었다.

"흐으음~!"

하지만 어쩐 일인지 염세악은 개운치 않은 요상한 콧소리를 내며 습관처럼 손가락으로 턱 밑의 염소수염을 배배 꼬았다.

'요놈 봐라? 일개 무관에서 이백 냥씩이나?'

"그럼 제자는 이만……."

홍화순이 예를 올리고 바로 물러나려는 찰나,

"넌 남아."

"……!"

고개를 숙인 채 뒷걸음으로 물러나던 홍화순의 표정이 급격히 굳어졌다.

'왜……?'

"태사조님, 제자가 혹여 무슨 잘못을……."

염세악이 손사래를 쳤다.

"그런 거 없어. 그냥 남아."

"태사조님!"

애써 평정심을 유지하려는 홍화순의 표정이 조금씩 일그러졌다.

"너무 순순히 말을 잘 들으니까 좀 그렇구나. 앞뒤 사연도 매끄럽고."

"……."

홍화순은 염세악이 이유랍시고 하는 말에 기가 막혀 말도 나오지 않았다.

"다음!"

순간 소매 속에 감춰진 홍화순의 두 손이 와락 주먹을 쥐었다.

'명심하거라. 화산 안에서는 넌 청방의 혈표가 아닌 일심 무관의 후계자 홍화순이다. 거기선 이름처럼 화목하고 순한 모습을 보여야 한다.'

전신을 부들부들 떨던 홍화순은 불현듯 아버지의 당부가 떠올랐다.

'빌어먹을!'

결국 홍화순은 부글거리는 화를 가까스로 억누르며 이를 악문 채 물러났다.

"할아버지~! 보화전장의 화소옥이에요~!"

냉큼 다가온 화소옥이 인사도 없이 바로 염세악을 향해 아양을 떨었다.

"허허! 넉살 한번 좋구나."

염세악도 어린 것이 귀염을 떨자 이제까지와 다르게 너털

웃음을 흘렸다. 게다가 얼굴도 반반하고 천연덕스러운 성격
이 더욱 마음에 들었다.

늙은 것이나 어린 것이나 고리타분한 영감 냄새를 폴폴 풍
기는 화산파 제자들과는 확실히 차이가 났다.

화소옥은 미리 준비해 둔 전표를 쑥 내밀었다.

"금 백 냥이에요."

"……!"

순간 염세악의 표정이 경직됐고 왕심봉은 입을 딱 벌렸다.

천하의 염세악도 눈길이 반사적으로 전표에 쓰인 액수로
향했다.

'횡재했구나!'

염세악의 입이 귀까지 찢어졌다.

곁에 있던 왕심봉이 전표의 액수를 보고는 눈이 튀어나와
더듬거렸다.

"금, 금금금금, 금……."

염세악이 그런 왕심봉을 보며 혀를 찬 뒤 화소옥을 향해 함
박웃음을 지었다.

"너 마음에 든다."

"호호! 할아버지! 제가 제일이죠?"

"음음! 오냐! 오냐!"

화소옥이 제 손으로 엄지를 치켜세우며 하는 말에 염세악

이 연신 고개를 끄덕거렸다.

"제가 본가로 돌아가면 아버지를 닦달해서 매달 빼먹지 않고 인편으로 보내 드릴게요."

"그래? 아이구! 귀여운 녀석! 어쩜 이리 기특할꼬."

화소옥은 교태스러운 몸짓으로 미소를 지으며 손을 흔들었다.

"그럼 전 이만 가볼게요."

"너도 남아."

"······!"

순간 화소옥은 자신의 귀를 의심했다.

"할아버지, 지금 뭐라고······."

"너도 남으라고."

여전히 입가에 드리운 미소를 지우지 않은 염세악이 기분 좋은 얼굴로 다시 한 번 확인시켰다.

"왜, 왜욧!"

예상을 벗어난 염세악의 반응에 화소옥이 발끈해 소리쳤다.

"난 네가 마음에 든다. 며칠 내 앞에서 귀염 좀 떨다가 가라."

"······."

화소옥은 그만 할 말을 잃은 듯 벙찐 표정으로 염세악을 쳐다봤다.

"있다가 보자~? 자, 다음!"

결국 화소옥의 본성이 드러났다.

"이씨! 보긴 뭘 봐! 이 찌글찌글한 영감탱이야ー! 나 갈 거야! 갈 거라고!"

앙칼진 고함을 친 화소옥이 바닥을 박차며 쏜살같이 내전 밖으로 날아갔다.

그때 염세악이 손을 들어 날아가는 화소옥을 가리켰다.

톡! 철퍼덕!

"……!"

왕심봉과 대기하고 있던 백소령이 흠칫했다.

기습적으로 몸을 날려 도주를 감행한 화소옥이 보이지 않는 벽에 가로막힌 듯 공중에서 멈추더니 바닥에 떨어진 것이다.

"그래! 그래! 저것 봐라! 자고로 어린 것이라면 철도 없고 성깔도 있어야 맛이 있지. 안 그러냐? 고놈 참!"

왕심봉은 아연한 표정으로 염세악을 쳐다봤다.

누군 허락도 없이 떠난다고 노발대발해 무공을 전폐하더니 누군 웃으며 마음에 든단다.

"뭣들 하누? 푹 자게 어서 객방에 데려다놔."

염세악의 말에 내전에 있던 화산파 문인들이 황망한 표정으로 서둘러 화소옥을 부축해 밖으로 나갔다.

화소옥이 시야에서 사라질 때까지 흐뭇한 눈길을 감추지 못하던 염세악이 여전히 가시지 않는 기분으로 호명했다.

"다음!"

순간 백소령이 대기하고 있던 의자에서 벌떡 일어나 뚜벅뚜벅 걸어왔다.

'어이구, 따가워라! 계집애가 뭐가 이리 차가워?'

염세악은 다가오는 백소령을 보며 기분이 잡쳤다.

게다가 면사로 얼굴을 가리고 있다지만 그런 것 정도는 아무런 장애 없이 꿰뚫어 낱낱이 볼 수 있는 염세악은 백소령의 얼음처럼 차가운 눈동자에서 숨길 수 없는 적의를 느꼈다.

'요 계집애는 반골이구만.'

염세악의 앞에 도달해 절도 있게 고개를 숙인 백소령이 입을 뗐다.

"우리 연화팔문은……."

"너도 남아."

"……!"

백소령은 할 말이 많았다.

자신의 신분 내력과 연화팔문의 사연, 그리고 문도들이 겪어온 여제자들의 설움과 한, 또한 당당히 화산파에 선언해야 할 본론들.

"우리 연화……."

"반항하면 바로 무공 전폐다?"

"……."

순간 백소령은 바로 입을 다물었다.

부들부들.

염세악이 말했다.

"다음!"

*   *   *

"헉!"

약당 안에 누워 있던 천진벽력당의 당주 육기헌이 비명을
지르며 벌떡 상체를 일으켰다.

"정신이 드는가?"

육기헌은 땀에 흠뻑 젖은 몰골로 소리가 들려온 곳을 향해
고개를 돌렸다.

호호백발의 화산파 도사가 바닥에 쪼그리고 앉아 약탕기
에 연방 부채질을 해대고 있었다.

순간 육기헌은 정신을 잃기 전 마지막 상황이 떠오르자 서
둘러 몸 이곳저곳을 매만지며 급히 내력을 운기했다.

부채를 부치던 늙은 도사가 약탕기 덮개를 열어보며 지나
가듯 말했다.

"내상을 입긴 했지만 중하지는 않으니 걱정 마시게."

"......!"

과연 그의 말대로 약간의 내상만이 있을 뿐 몸에 별다른 징후가 없자 육기헌은 안도의 한숨을 내쉬었다.

하지만 이내 염세악의 얼굴을 떠올린 육기헌이 벌떡 일어섰다.

그때까지 부채를 부치는 데 여념이 없던 늙은 도사가 힐끗 육기헌을 바라봤다.

"왜? 태사조께 따지기라도 하시려는가?"

육기헌은 대꾸하지 않고 늙은 도사를 노려봤다.

아무리 나이가 많고 신분이 높다 해도 본산의 장로급인 화산의 도사에게 불손한 태도를 보이는 것은 문외제자로서 씻을 수 없는 대죄였다.

하지만 육기헌은 한바탕 혼쭐이 나고도 여전히 정신을 차리지 못했다.

육기헌이 분노에 찬 표정으로 성큼성큼 발을 내디디며 문지방을 넘을 때 노도사가 말했다.

"이번에는 그저 기절하는 것으로 안 끝날 걸세."

"……!"

순간 육기헌은 움찔해 발걸음을 멈춰 세웠다.

그리고 의식이 잃기 직전 보이지 않은 힘에 목이 제압당해 허공에서 버둥거리던 기억이 떠올랐다.

꿀꺽.

육기헌이 절로 침을 삼켰다.

하지만 자신의 지위와 권세, 명예를 생각한 육기헌은 치밀어 오르는 치욕에 불끈 오기가 솟았다.

두려움과 공포가 스멀스멀 기어 올라왔지만 오기와 아집으로 애써 그를 모른 척했다.

"흥!"

냉소를 친 육기헌은 있는 오기 없는 오기 깡그리 끌어모아 발을 뗐다.

약탕기에 부채질을 하던 노도사가 육기헌이 사라진 문밖을 보며 고개를 절레절레 흔들었다.

"쯧쯧! 태사조 성격이 보통이 아닌데 아직 임자를 못 만났구나."

"당주님!"

"당주님! 무탈하십니까?"

약당 밖으로 나온 육기헌은 밖에서 서성거리고 있던 천진벽력당의 제자들을 보자 불같이 화를 냈다.

"네 녀석들은 예서 뭘 얼쩡거리고 있는 게야!"

입을 떼자마자 노성을 터뜨리는 육기헌의 말에 천진벽력당의 제자들이 바짝 엎드렸다.

"한심한 놈들!"

육기헌은 제자들이 뭘 어찌할 수 없는 상황임을 알고 있음에도 애꿎은 그들에게 화풀이를 했다.

씩씩대던 육기헌은 이내 엎드려 있는 제자들을 본체만체하며 발길을 옮겼다.

"당주님!"

"어디로 행차하십니까?"

"제자들이 모시겠습니다."

천진벽력당의 제자들은 뒤늦게 허둥지둥 소리를 치며 육기헌의 뒤를 따라갔다.

화산파 경내를 노기등등한 표정으로 활보하는 육기헌의 모습은 본산제자들과 아직 화산을 하산하지 못한 속가제자들의 이목을 집중시켰다.

하지만 육기헌은 본산제자들에게조차 예를 차리지 않고 안하무인으로 걸음걸음을 내디디며 곧장 염세악이 있는 곳으로 향했다.

내전 앞을 지키던 화산파 이대제자들은 심상치 않은 기색으로 다가오는 육기헌을 보곤 그를 제지했다.

"멈추시오!"

"육 당주, 지금은……."

하지만 육기헌은 둘을 힘으로 밀치고 내전 안으로 들어섰다.

"뭐냐? 또 너냐? 늙은 것이 제법 튼튼한가 보네?"

육기헌은 꿈에서도 잊을 수 없을 것 같은 염세악의 목소리를 들으며 부르르 몸을 떨었다.

하지만 이내 눈에 힘을 주며 맞은편 서탁 너머로 앉아 있는 염세악을 노려봤다.

"눈 깔아."

순간 육기헌의 눈이 의지를 배반하고 쏜살같이 바닥으로 향했다.

"꿇어."

털썩.

나 육기헌은 절대 겁을 먹지 않았다고 속으로 외치며 왔던 그다.

하지만 애써 억눌러 온 공포는 염세악의 목소리가 들린 순간 온몸을 잠식했고 머릿속 가득하던 오기와 아집은 기절초풍이라도 한 듯 멀리 달아나 버렸다.

"아직도 정신을 못 차렸어? 피똥 한번 싸볼래?"

"헉?"

순간 육기헌이 헛바람을 집어삼키며 바닥에 머리를 찍었다.

쿵!

"잘, 잘못했습니다! 태사조님!"

"알면 됐어!"

염세악의 카랑카랑한 대꾸에 육기헌이 등골로 식은땀을

줄줄 흘렸다.

이미 두려움으로 머리가 꽉 찬 육기헌은 또다시 염세악에게 큰 치도곤을 당할까 봐 그 거구를 사시나무처럼 덜덜 떨었다.

"하, 하면 용서를……?"

"너도 남아."

"예?"

육기헌이 염세악이 하는 말이 무슨 뜻인지 몰라 반문하며 고개를 들었다.

"넌 나한테 찍혔어. 내가 허락할 때까지 하산 금지다."

순간 육기헌의 낯빛이 누렇게 변했다.

*　　　*　　　*

"밥은 먹었냐?"

"……."

물음이 던져졌지만 누구 하나 대답하는 이가 없었다.

이제는 아예 염세악의 길잡이가 된 장평이 조마조마한 표정으로 염세악의 눈치를 살폈다.

그리고 들키지 않게 안도의 한숨을 내쉬었다.

태사조가 개차반 같은 성격에 용케 성질을 부리지 않는구나 싶어서였다.

'불쌍한 것들. 하루라도 빨리 현실을 깨닫는 게 몸이 편안해질 텐데······.'

장평은 측은한 눈으로 눈앞의 남녀 무리를 바라봤다.

화산에 보탬이 되는 일에 한손 거들기로 한 속가제자들은 다행히 대부분 하산했다.

다만 다소 복잡한 사연으로 조율이 필요한 이가 몇몇 하산을 하지 않았을 뿐이었다.

하지만 염세악은 일이 끝나자마자 한 거처에 머무르게 한 속가제자들을 찾아왔다.

다른 속가제자들의 임시 거처로 배정된 도관들과 달리 유일하게 젊은 남녀를 한곳으로 모아둔 데다 염세악이 특별히 발걸음하자 본산제자들의 이목이 집중됐다.

일부는 이를 두고 염세악이 재목을 알아봐 가르침을 내리는 것이라고 생각했고, 어떤 제자들은 애초부터 인재를 구하기 위한 방편이었다고 말하기도 했다.

하지만 이들 젊은 남녀가 어떻게 강제로 화산파에 머무르게 됐는지 처음부터 끝까지 쭉 지켜본 장평은 그들의 허황된 추측에 실소를 지었다.

'인재는 얼어 죽을! 그냥 찍힌 거지.'

장평은 염세악과 마주하고 있는 젊은 남녀들을 면면히 살펴봤다.

다른 사람은 안중에도 없다는 듯 기를 쓰고 아주 죽자고 서로를 노려보는 형제.

'지치지도 않나? 형제가 아니라 웬수구만.'

꽃처럼 화사하게 물오른 미모가 보통이 아니지만 뿔난 암소마냥 심통으로 씨근덕거리는 여자.

'성깔 무지 드세겠군. 장미 가시가 아니라 선인장이야, 선인장.'

면사로 용모를 가린 갓을 눌러쓴 연화 문양의 백의 도포를 걸친 여인.

'으! 써늘하다. 완전 얼음일세.'

장평은 마지막으로 조금은 일행들과 떨어져 무뚝뚝한 표정으로 서 있는 청년의 얼굴을 험악하게 수놓은 흉터를 쳐다봤다.

'그냥 가까이하지 말자.'

장평이 하나하나 나름의 품평을 내리고 있을 때 염세악이 발밑을 살피다가 주먹만 한 돌멩이 하나를 주웠다.

툭, 툭.

손바닥 위에 올려놓은 돌을 공깃돌처럼 던졌다 잡았다 하던 염세악이 옆의 장평에게 던졌다.

"엇?"

엉겁결에 돌멩이를 받은 장평이 의뭉스런 얼굴로 염세악을 쳐다봤다.

"던져."

"…예?"

앞뒤 자른 뜬금없는 염세악의 말에 장평이 뜨악한 표정을 지으며 반문했다.

"아무 쪽으로나 던지라고."

"아무 쪽이요?"

장평이 고개를 갸웃거리며 돌을 든 손을 가볍게 들어 올렸다.

"그렇게 말고!"

"윽?"

버럭하는 염세악의 호통에 장평이 반사적으로 목을 움츠렸다.

"팔을 높이 들고! 최대한 높이! 저쪽 북쪽 하늘을 향해서!"

침을 튀겨가며 손가락질하는 염세악의 고함에 장평이 속삭이듯 불평을 늘어놨다.

'아무 쪽으로 던지라면서, 팔은 어떻고 높이는 어떻고. 쳇! 처음부터 북쪽으로 던지라고 말씀하시면 되는 걸 가지고. 내가 무슨 인형인가. 나도 밑에 애들이 몇 명인데. 에이~!'

구시렁대는 장평의 태도에 염세악의 눈썹이 역 팔자로 휘어졌다.

"이놈의 자식이? 아, 빨리 안 던져!"

"예예~!"

장평이 넙죽 고개를 끄덕거리며 도포의 소매를 어깨 위까지 훌쩍 걷었다.

"내공이고 근력이고 다 써서 있는 힘껏 던져."

장평이 인상을 쓰며 찌릿찌릿하는 귀청을 손가락으로 후볐다.

홍화순 무리는 염세악과 장평이 뭘 하려는지 당최 이해가 가지 않아 그저 여전히 화가 나고 심통이 난 표정으로 둘의 행동을 쳐다봤다.

장평이 돌을 든 팔을 풍차처럼 몇 바퀴 돌리더니 목청이 터져라 우렁찬 기합을 내질렀다.

"으아아압!"

쐐애애애앵!

팔이 떨어져 나가라 손에서 떠난 돌멩이가 순식간에 북쪽 하늘의 까만 점으로 변해갔다.

근력에다가 이십 년 수양의 내력까지 담아 던졌으니 확실히 평범한 돌팔매질이라 할 순 없었다.

"……!"

순간, 돌을 던진 뒤 돌아선 장평도, 홍화순 무리도 눈이 휘둥그레졌다.

염세악의 꾸부정한 신형이 흡사 유령처럼 픽 하고 감쪽같이 사라진 것이다.

펄— 럭!

순간 장평과 홍화순 무리의 우측 건너편으로 사라졌던 염세악이 불쑥 솟아났다.

'이형환위(移形換位)……?'

홍화순의 눈가가 파르르 떨렸다. 보신경의 경지 중 최고 반열로 언급되는 경지가 아닌가.

무림에서도 이 같은 경지를 구사할 수 있는 무인은 손에 꼽을 정도로, 초인들이 펼치는 이형환위는 도가에서 전해 내려오는 전설의 축지성촌(縮地星寸)과 곧잘 비견되곤 했다.

이는 홍화순뿐만 아니라 입이 딱 벌어진 장평과 다른 이들도 다르지 않았다.

하지만 이는 그들의 섣부른 판단이었다.

툭, 툭.

"……!"

순간 그들은 염세악의 손바닥 위에서 떠올랐다 내려왔다 하는 돌을 보며 눈이 튀어나올 정도로 놀랐다.

"봤지?"

염세악이 돌멩이를 가지고 놀며 말했다.

툭, 툭.

장평과 홍화순 등이 염세악의 손에서 춤을 추는 돌을 따라

고개가 위로 아래로 왔다 갔다 했다.

아무리 뚫어져라 살펴봐도 틀림없이 조금 전 장평이 있는 힘껏 집어던져 하늘 저편으로 사라진 그 돌멩이였다.

"내가 살짝 몸만 띄우면 사방의 화산은 한눈에 들어와. 조금 힘을 더 쓰면 화산 아래 사방이 평지니까 몇 십리 안은 개미 새끼 한 마리까지 볼 수 있다."

염세악이 툭툭 손바닥으로 치며 가지고 놀던 돌멩이를 움켜잡았다.

"한 호흡이다. 한 번 숨을 쉴 동안 그 거리 밖까지 사라질 자신 없으면 꿈도 꾸지 마."

순간 염세악이 가볍게 손에 힘을 줬다.

퍼썩!

단단한 차돌이 모래처럼 부서져 바닥으로 떨어져 내렸다. 이 중에서 염세악처럼 차돌을 부수지 못할 이는 없었다.

하지만 가루가 되어 떨어져 내리는 돌멩이의 흔적을 보며 하나같이 침을 꿀꺽 삼켰다.

그리고 동시에 밤이 되면 화산에서 몸을 빼려는 각자의 계획은 머릿속에서 흔적도 없이 지워졌다.

"오늘은 이쯤하자. 나도 피곤하고 니들도 피곤할 테니. 서로 조금씩만 양보하면서 둥글게 둥글게 사는 게야."

"……"

염세악의 말은 장평의 표정마저도 어이없도록 만들었다.

실력 행사는 있는 대로 해놓고 양보 운운하며 둥글게 살라니.

"뭘 멀뚱거리고 있어? 가자, 이놈아!"

염세악이 아직도 넋이 나가 돌가루를 쳐다보고 있는 장평의 엉덩이를 걷어찼다.

퍽.

"아야!"

"앞장서."

"어, 어디로요?"

"주방으로 가."

"예? 주방엔 왜요?

"내가 그걸 너한테 꼬치꼬치 대답해 줘야 되냐?"

"그게 아니고……."

장평이 엉덩이를 만지며 나서자 염세악이 뒷짐을 지고서 휘적휘적 팔자걸음으로 따라갔다.

"하여튼 이놈은 말이 많아. 딴 놈들은 안 그런데 넌 왜 그 모양이냐?"

"아니, 제가 무슨 잘못을 했다고……."

"또 말대꾸한다?"

"에휴! 예예~!"

"이놈이? 방금 그거 무슨 뜻이냐?"

"왜 또 생사람을 잡으십니까?"

"뭐? 생사람?"

염세악이 장평의 엉덩이를 걷어차며 사라지고 난 뒤 은호열이 땅바닥에 주저앉았다.

털썩.

"젠장 할!"

은호열의 맥 빠진 욕설을 들으며 홍화순 등은 이심전심인 듯 나락으로 추락하는 암담함을 느꼈다.

"아악! 이게 무슨 꼴이야! 저게 무슨 검신이야! 빌어먹을 영감탱이!"

부글거리는 심정이 고스란히 얼굴에 묻어 나오는 화소옥이 머리를 싸매며 몸을 홱 돌렸다.

쾅!

그녀는 처소 안으로 들어가며 부서져라 문을 닫아버렸다.

부들부들 몸을 떨던 은호청이 화가 폭발해 주저앉은 은호청을 째려보며 소리쳤다.

"이게 무슨 꼴이냐! 그렇게 네놈만 여기 남아 있었어도 이런 어처구니없는 일은 벌어지지 않았을 것 아니냐!"

"……."

"본가로 가봐야 딱히 할 일도 없는 놈이 기어이 고집을 부려 이 사달을 벌이고. 하긴, 생각이란 것과 담쌓은 그 아둔한 머리로 이런 상황을 예······."

"썅!"

순간 주저앉아 있던 은호열이 욕설을 내뱉으며 벌떡 일어
나 그대로 머리로 은호청의 안면을 들이받았다.

퍽!

"크윽?"

부지불식간에 기습을 허용당한 은호청이 손으로 코를 감
싸 쥐며 뒷걸음질 쳤다.

얼굴을 그러쥔 은호청의 손가락 사이로 검붉은 코피가 새
어 나왔다.

"이··· 이··· 이노옴—!"

"와! 들어와! 들어와! 오늘 아주 끝장을 보자고!"

은호열은 얼굴이 피범벅이 된 제 형을 향해 손가락을 까딱
거리며 도발했다.

백소령은 소란에 뒤섞이고 싶지 않은지 면사 안의 얼굴을
찡그리며 자신의 객방으로 찬바람 쌩쌩 나게 들어갔다.

'내가 이런 것들과······.'

얼굴을 일그러뜨린 홍화순은 그마저도 싫은지 애꿎은 처마
의 문설주를 신경질적으로 걷어차며 아예 밖으로 나가 버렸다.

           *   *   *

본산제자 속가제자 할 것 없이 모두가 잠이 든 밤이 깊은 시각.

자운전 안은 어둠을 밝히는 황촉이 굵은 눈물을 흘리는 것처럼 타들어 가고 있었다.

자운전 안은 커다란 탁자를 중심으로 대장로 손괴를 비롯하여 바로 아래 장서각인 현오궁(玄奧宮)을 맡고 있는 범중, 남천관(南天觀)의 관주 방도유, 북천관(北天觀)의 관주 대종해가 나란히 앉아 있고, 좌우로 옥허궁(玉虛宮)의 서림과 태허궁(太虛宮)의 유학선, 청허궁(淸虛宮)의 경담 등 삼궁을 관장하는 장로 모두가 한자리에 모여 있었다.

"다들 이렇게 모인 것도 실로 오랜만이구만. 허허!"

손괴가 평생을 화산에서 함께 수양한 사형제들을 보며 다소 겸연쩍은 웃음으로 인사를 대신했다.

다른 장로들도 같은 심정인 듯 쓴웃음을 지었다.

사방으로 산재한 도관의 수는 두 손 두 발 다 꼽아도 모자랄 지경이나 그래 봤자 같은 화산에 있어왔다.

그럼에도 이렇듯 한자리에 모인 것이 드문 이유는 너무 바빠서였다.

수양에 정진하고 도경을 읊는 것도 일과였지만 그 외에도 다들 도관을 건사하고 먹고살 길에 대해 자구책을 찾아 헤매느라 눈코 뜰 새가 없었기 때문이다.

더 정확히 말하면 먹고사는 것이 첫째고 수양에 힘쓰고 도경을 보는 것은 자투리 시간을 쪼개온 것이지만.

주름이 자글자글해 대장로 손괴보다 더 나이가 들어 보이는 범중이 쥐를 쏠어봤다.

"막내와 왕 사질은 바쁜가 보옵니다."

손괴가 고개를 끄덕였다.

"직접 본 이들도 있겠고, 소식으로 들어서도 알겠지만 태사조께서 벌이신 일 때문에 왕 사제는 아마 오늘 밤을 꼬박 새워도 모자랄 것이네."

"허허! 그래도 걱정은 하나도 안 듭니다. 어려서부터 그렇게 돈돈하더니 왕사제가 늘그막에 소원 성취했지 않습니까?"

서림이 수염을 쓰다듬으며 하는 말에 다들 체면을 잊고 와자하니 웃었다.

"한데 막내 이 녀석은 아직도 그 일로 꽁해 있는 것입니까?"

대종해가 특유의 범종 같은 울림 큰 목소리로 묻자 손괴가 피식 웃으며 고개를 흔들었다.

"거참! 그놈은 다 늙어서 어찌 그리 나잇값을 못하는지!"

"허허! 명색이 침정궁의 궁주인데 본 파 최고수라는 자존심이 깨져 상처가 꽤 크지 않겠습니까?"

"어허? 도를 닦는 자가 자존심이라니? 그게 더 부끄러운 말일세.”

“그냥 모른 척하시오. 우리 막내가 소싯적부터 열혈이지 않았소?”

“쯧쯧! 계피학발이 다 되고서도 그리 자꾸 오냐오냐하니까 그 녀석이 철딱서니가 없는 게 아닌가?”

“철이 좀 없으면 어떻습니까? 우리 막내가 철들면 큰일 납니다. 그게 막내 매력인 걸요?”

“뭐, 뭐? 매력? 허허, 허허허허! 사람이 나이가 들더니 융통성 없는 자네도 많이 능글능글해졌어.”

농이 오고 가며 다시 한 번 왁자한 웃음이 실내를 가득 메웠다.

손괴는 논의할 사안이 많긴 했지만 사담이 오가는 그들의 대화를 굳이 막지 않았다.

‘좋구나.’

실로 오랜만에 즐거움이 만끽하는 웃음소리를 듣는 손괴의 얼굴에도 소리 없이 웃음꽃이 피어났다.

언제부턴가 마주치면 깊은 한숨이요, 들려오는 건 피곤에 젖은 시름뿐인 것이 대체적인 화산의 분위기였다.

이렇듯 근심 걱정 하나 없이 젊었을 적처럼 통쾌하게 웃어본 적이 언제 적이었나 싶을 정도로 까마득했다.

“다들 보기 좋구나.”

크지도 작지도 않은 목소리였지만 손괴의 말에 장로들이 웃던 낯을 추스르며 몸을 바로 했다.

"우리가 이렇게 오랜 만에 시름을 잊고 마음껏 웃을 수 있는 이유가 어디에 있는지 다들 알고 있는가?"

"다 태사조님 덕분이지요."

"그렇습니다. 태사조님께서 큰일을 하신 게지요."

"그분이 은거를 접고 돌아오신 뒤부터 본 파에 활기가 넘쳐흐릅니다."

"허허! 나도 요새는 본 파의 아이들을 보면 그전까지는 안쓰럽기만 했는데 이제는 웃음부터 절로 나온다오."

손괴는 장로들이 주고받는 맞장구에 고개를 끄덕였다. 하지만 그가 원하는 대답은 따로 있었다.

"자네들 말대로 이 모든 게 태사조님의 덕분일세. 하지만 정확한 답이라고 말할 수는 없네."

"……?"

손괴의 말에 좌중의 모두가 의아한 표정을 지었다. 문파의 대소사에 관한 고된 시름을 잊게 만든 장본인이 태사조임은 누구라도 알고 있는 사실인데 정답이 아니라고 하니 그런 것이다.

"우린 좀 더 솔직해질 필요가 있네. 그리고 이것이 바로 오늘 우리가 논의할 화두의 본질이라고 할 수 있지."

손괴는 한 핏줄을 나눈 것처럼 평생을 함께한 사제들을 둘러봤다.

"본 파에 근심 걱정이 사라지고 우리가 웃음꽃이 핀 건 결국 다 돈 때문일세."

"헛험! 사형."

"어찌 그런 말씀을?"

"대사형?"

손괴가 단도직입으로 내뱉는 말에 장로들이 헛기침을 연발하며 난처한 표정을 지었다.

"왜? 부끄러우신가?"

장로들의 반응을 본 손괴는 오히려 더 마음을 독하게 먹었다.

"본 파가 쇠락하고 어려움에 처한 이유가 무엇인가? 돈이 없고, 먹을 것이 부족하고, 그래서 사는 게 힘들어서가 아니었나?"

"……."

"우리 모두 이러한 사실을 알고 있었네. 알고 있음에도 모른 척하고, 회피하고, 말하지 않고, 행동하지 않았네."

"사형, 우리 화산파는 중원 도문의 조종으로 청빈함을 근본으로 삼는……."

"우리끼리 있는 자리에서 그런 소리는 그만두세나."

손괴는 도가의 공부가 그 누구보다도 깊은 옥허궁주 서림이 내뱉는 말을 끊었다.

"도사도 사람일세."

"으음."

"도를 닦고 수양을 하는 것도 다 사람 사는 일일세. 그런데 우린 그동안 어찌해 왔나? 그 먹고사는 방편을 궁리하는 것을 세속적이고 부끄러운 것이라 여겨 입으로 언급조차 않았네."

"……."

심장을 후벼파는 손괴의 직설적인 말에 장로들의 표정이 무겁게 변했다.

"백 년 전에 일신을 물리어 심산유곡에 은거하시고 세상사를 잊은 태사조께서 하신 일을 보시게. 진즉에 탈각하여 우화등선하실 수 있는 분께서 모든 것을 미루고 하신 일이 무엇인가? 노구를 움직이셔 어린 제자들을 위해 직접 심공을 가르치시고, 몇날며칠 밤을 새워 손수 새로운 검로를 열어주셨네. 그것도 모자라 속가제자들을 불러들여 돈 내놓으라 역정까지 부리셨네."

오랜만에 들뜬 사제들을 보며 찬물을 끼얹고 싶진 않았지만 손괴는 이미 늦은 반성을 지금이라도 반드시 상기시키고자 했다.

그것은 비단 그들뿐만 아니라 손괴 자신의 반성이기도 했다.

"태사조님이 아니라 우리가 했어야 했네. 유유자적 제자들이 커가는 것을 보며 편안히 수발을 받으실 태사조께서 어찌 몸소 나서셨던가? 본 파의 무거운 짐을 일찌감치 짊어진 장문인께서 쓰러지고 나서였네."

"……."

"아시겠는가? 장문인이 쓰러졌을 때, 우리가 했어야 하는 일은 병석을 지키고 근심하는 것이 아니라, 왜 장문인이 쓰러졌는가를 살피는 것이었네."

말을 하는 손괴의 표정에도 자책의 빛이 어렸다.

"부족하고 어리석은 나는 나이 칠십이 되고도 이제야 알았네. 안분지족이 아니라 태만이었으며, 청빈한 수도자의 삶이 아니라 방관하고 방치한 죄를 저지른 죄인이라는 것을."

"사형……."

"대사형……."

자책하는 손괴의 말에 그의 늙은 사제들이 뒤늦게 자신의 과오를 뉘우쳤다.

"자네들을 꾸짖자고 하는 말이 아닐세. 나라고 잘한 일이 없는데 누굴 원망하고 누굴 탓하겠나?"

손괴는 이쯤하면 됐다고 생각했다.

"화산파는 변해야 하네. 아니, 지난 과오를 깨우쳐 다시는 오늘과 같은 잘못을 반복하지 않도록 예전으로 돌아가야 하네."

손괴는 미리 준비한 종이들을 장로들에게 돌렸다.

"그동안 태사조께서 몸소 행하신 일들을 일목요연하게 정리해 놓은 걸세."

종이를 받아든 장로들이 손괴가 직접 세필로 작성한 글귀를 읽었다.

"이대, 삼대제자들의 더딘 성취를 높일 수 있도록 공부할 무공을 보완하고, 아직 어린 동냥들에게는 기초가 탄탄하고 뚜렷한 성과를 보일 수 있는 공부를 새롭게 전하신 것을 볼 수 있을 것이네. 또한 우리의 제자인 본 파의 미래를 짊어진 기둥들인 일대제자는 모든 업무에서 손을 떼게 한 후 정풍곡으로 보내 폐관수련 하라 명하셨고, 본 파의 어려움이 어디에 기인하는 것인지 파악한 태사조께선 중원 전역에 흩어져 있는 속가제자들을 불러들여 의무와 책임을 태만한 그들을 꾸짖으시고 환기하셨네."

장로들은 직접 보고 들은 바라 익히 알고 있는 사실들이었지만 하나하나 세세하게 기록된 염세악이 행한 일들을 보며 새삼 사문의 까마득한 어른이 홀로 노심초사하며 사방으로 뛰어다녔을 모습을 그렸다.

손괴가 말했다.

"알겠는가? 늦어도 한참 늦었지만 이제 우리 차례일세. 못난 후손이지만 머리를 모으고 손을 합쳐 보세나."

자운전으로 들어가지 않고 밖에 서 있던 염세악은 조용히
발길을 돌렸다.

"허허."

염세악이 허허로운 웃음을 지으며 밤하늘을 수놓은 별을
응시했다.

"이것 참. 늙어 꼬부라진 말코 애송이들이 뭐가 저리 착해
빠졌누."

염세악은 하루 종일 온몸에 찌든 피로가 싹 가시는 느낌에
기분이 좋아졌다.

"확실히 정파에 몸을 담근 놈들이 착하긴 착하구만."

염세악은 그렇게 중얼거린 뒤 스스로의 말에 피식 웃었다.

자신 입으로 이런 말을 할 날이 올 줄 누가 알았겠는가.

"세상 참……."

염세악은 고개를 흔들며 발길을 돌렸다.

그가 향한 곳은 아직도 병석에서 잃어날 날 모르는 진무가
있는 소요정 쪽이었다.

하지만 염세악의 발걸음은 어느 때보다 가벼웠다.

第二章

"아이고 죽겠네! 그냥 근처 토굴에서 폐관수련하면 되지 하필 그 먼 정풍곡이람! 에이! 웬수같은 태사……."

온몸에 짐을 바리바리 매단 장평이 낑낑거리며 말하다 움찔해 손으로 입을 틀어막았다.

시시때때로 기척도 없이 나타나서 사람 간을 들었다 놨다 하는 염세악이다 보니 장평이 지레 화들짝한 것이다.

장평은 벽곡단 한 동이와 옷 수십여 벌, 그리고 생활에 필요한 이것저것 잡다한 것들을 등에 지고 허리에 동여매고 두 손에도 가득 든 채 비탈진 산길을 오르고 있었다.

하지만 불평과 달리 장평의 움직임은 산중을 호령하는 맹수처럼 날랬다.

몸은 새털처럼 가벼운 듯 옷자락이 펄럭일 정도로 경쾌하고 내딛는 보보는 평지를 걷듯 거침이 없었다.

만약 장평의 이러한 운신법을 보았다면 화산파의 어린 제자들은 눈이 휘둥그레졌을 것이다.

같은 항렬의 수련 시간에도 늘 빠지는 데다 게으름에 뺀질거리는 것으로는 문 내에서 둘째가라면 서러워한다고 평가받는 그가 화산파의 경신법 중 빠르기로 일절인 비설신종(飛雪迅踪)에 버금가는 빠름을 보이고 있었기 때문이다.

그것도 특별한 운신법을 쓰지도 않고서 순수한 다리와 발의 근력만으로.

장평은 정풍곡이 시야에 들어오자 채 도달하기도 전에 소리쳤다.

"장평! 왔습니다—!"

"헉?"

"으악!"

나뭇가지를 꺾어 땅을 덮거나, 땅을 파 몸을 눕혀 굶아떨어져 있던 일대제자들이 기절초풍해 일제히 벌떡 일어났다.

"태사조님!"

"오늘은 제 차례가 아닙니다!"

"죽여주시옵소서!"

송자건이 나이 사십을 넘긴 사제들이 경기를 일으키는 모습을 보며 헛웃음을 흘렸다. 놀라긴 일대제자의 맏이인 그도 마찬가지였지만 새삼 다들 고생이 보통이 아니구나 싶었다.

"태사조님이 아닙니다. 장평입니다."

그나마 사형제 중 평소 성격이 묵직한 반운산이 가장 먼저 동요를 가라앉히며 동문들을 안정시켰다.

하지만 송자건은 반운산을 보며 피식 웃었다.

바지는 입는 둥 마는 둥, 상의는 팔 하나만 집어넣은 채 손에 든 칼을 억세게 움켜쥐고 있는 반운산의 모습은 아무리 목소리에 무게를 잡아본들 떨어진 체통을 다시 주워 담을 수 없게 만들었다.

때마침 장평이 끙끙 용을 쓰며 나타났다.

"다들 평안하셨습니까?"

"에잉!"

"장평이냐?"

"오랜만이로구나."

"소리는 왜 질러? 놀랐잖아?"

허둥대던 일대제자들이 장평의 모습을 눈으로 확인하고서야 한숨을 터뜨리며 저마다 털썩 땅바닥에 드러누웠다.

"왔느냐?"

그래도 송자건은 대사형이란 이름값을 하며 장평을 반겼다.

"대사백."

장평이 허리를 숙이며 인사를 올리자 송자건이 손사래를 쳤다.

"우리뿐이니 대사형이라 부르거라."

하지만 장평는 고개를 가로저었다.

"전 이대제자입니다. 어찌 그럴 수 있겠습니까."

"평아……."

송자건은 평소 장난기 가득한 그가 대번에 표정을 굳히며 정색하는 말에 안타까운 표정을 금치 못했다.

이미 한두 번 겪은 일이 아닌 듯 어색해지는 분위기에 다른 일대제자들이 괜스레 시선을 외면했다.

다행히 반운산이 말을 걸어와 분위기를 바꿨다.

"이 밤중에 뭘 그렇게 바리바리 싸왔느냐?"

"반 사숙!"

장평도 아는지 다시 장난기 가득한 표정을 지으며 반색했다.

"태사조님이 입을 옷가지와 벽곡단하고 이것저것 전해 드리라고 하셔서 가져왔어요."

"그래? 같이 오시진 않았느냐?"

물은 건 반운산이었는데 땅바닥에 널브러져 있던 일대제자들이 반사적으로 사방을 두리번거렸다.

"태사조님은 여기 올 정신도 없으실 걸요?"

"……!"

순간 일대제자들의 시선이 장평을 향해 흡사 화살처럼 내려꽂혔다.

"그게 무슨 소리냐?"

반운산의 물음에 장평이 신이 나 오늘 낮에 화산파에서 벌어진 사건을 떠벌렸다.

"그게 무슨 일이냐면요……."

일대제자들은 본산에 중원 전역에서 구름떼처럼 모인 속가제자들의 규모와 그 면면, 그리고 염세악이 어떻게 그들의 기를 죽였는지 그 후 아직도 진행되고 있는 사건을 아주 자세히도 설명했다.

때로는 염세악을 흉내 내고 때로는 천진벽력당의 당주가 피를 토하며 쓰러지던 상황을 몸소 보여주며 실감나는 연기까지 했다.

일대제자들은 장평의 말에 놀라기도 하고 황당해하며 벌린 입을 다물지 못했다. 그러다 염세악에게 찍혀 오도 가도 못한 신세가 된 이들에 대한 얘기를 들었을 때는 배를 잡고 구르며 웃었다.

본산에서는 일대제자로서의 위치 때문에 항상 위엄과 근엄함을 달고 다닌 그들이었지만 같은 항렬의 사형제만이 모여 있었기에 그런 겉모습은 훌훌 벗어던졌다.

"그럼 전 이만 가보겠습니다."

"그래. 네가 고생이 많구나."

"길 조심해. 넘어지지 말고."

"에이! 제가 무슨 어린앱니까?"

장평이 나이에 맞지 않는 귀염을 떨며 멀어지는 내내 그들도 만면에 웃음을 띤 채 손을 흔들었다.

장평이 떠나고 나자 일대제자들은 웃음을 지으며 하나같이 안쓰러운 표정을 지었다.

"저 녀석도 이제 좀 있으면 서른인데 걱정이오."

"아무리 우리가 신경을 써준다 한들 저 녀석이 겉도니 방법이 없잖느냐."

"그렇다고 저리 계속 놔둘 수도 없는 일 아닙니까?"

"그럼 어쩌겠나? 문규의 지엄함과 장로들의 결정을 우리가 나서서 부당함을 주장하는 것 또한 죄를 짓는 것이 아닌가."

이미 오랜 세월을 다람쥐 쳇바퀴 돌 듯 풀리지 않는 숙제를 거듭해 온 그들은 이내 고개를 흔들었다.

"태사조님께 넌지시 장평의 사연을 여쭤보는 게 어떨까?"

"태사조님께?"

"장평의 말을 들어보니 태사조님께서 전면에 나서서 본 파를 쇄신하고 계시는 것 같은데 어쩌면 장로님들을 설득하실 수도 있지 않겠나?"

줄곧 듣기만 하고 의견을 내놓지 않던 송자건이 엄한 표정을 지었다.

"섣부른 망동은 삼가라."

낮은 목소리였지만 그의 말에 일대제자들이 움찔해 입을 다물었다.

"태사조님께서 본 파 최고의 어르신이고, 장로님보다 배분이 높다한들 그것을 재고 가늠하는 것은 너희가 할 바가 아니다."

좀처럼 화를 내는 일이 없는 송자건이 다소 노여움이 깃든 눈빛으로 그들 하나하나를 응시했다.

"너희가 장로님들이 내리신 결정에 관해 태사조께 부당함을 고하는 것 자체가 항렬을 무시하고 문호를 어지럽히는 일이며 그분들을 기만하는 죄임을 어찌 모르느냐."

송자건의 준엄한 꾸짖음에 정신이 번쩍 든 듯 분분히 고개를 숙였다.

"송구합니다, 대사형."

"저희들이 생각이 짧았습니다."

"용서하십시오."

송자건은 한숨을 내쉬었다. 질책을 하긴 했지만 그도 그들과 마음이 다르지 않았기 때문이다.

'그때 지금처럼 태사조님이 계셨다면, 본 파가 오늘날과 같았다면, 기 사숙이 그런 꿈을 꾸지 않았을 것이고 가지 말아야 할 길을 가지 않았을 것을. 그럼 장평도 저처럼 불행한 날을 보내지는 않을 터인데……'

송자건은 돌이킬 수 없는 과거를 떠올리며 헛된 상상을 그렸다.

그때였다.

"오호? 줄줄이 서 있는 걸 보니 나만 오길 목이 빠져라 기다렸나 보구나."

"으헉?"

"태, 태태태사조님!"

"어, 어쩐 일로 여길……?"

기척도 없이 나타나 씨익 웃는 염세악을 본 일대제자들이 기겁했다.

염세악이 그들의 반응에 눈살을 찌푸렸다.

"어쩐 일? 이제껏 하루도 거르지 않고 봐놓고선 뭔 소리야?"

"그, 그게 아니라. 장평이 오늘은 태사조께서 발걸음하시지 않을 거라고……."

"뭐? 그놈이?"

염세악이 어이없는 눈길로 그들을 바라봤다.

"내가 여기 오는 거하고 그놈하고 무슨 상관이야?"

"그것이 아니오라……."

염세악은 우물쭈물 궁색한 변명을 찾아 헤매는 그들을 향해 손을 내저으며 말했다.

"됐다! 잡담으로 보내기엔 이 밤이 너무 짧구나."

부르르르.

염세악의 밤이 짧다는 말에 일대제자들이 끔찍한 것을 본 것 같은 표정으로 진저리를 쳤다.

"오늘은 누구 차례더라?"

염세악이 기억이 나지 않는 듯 턱 밑의 염소수염을 배배 꼬자 일제히 일곱째인 표운을 가리켰다.

심지어 점잖은 송자건까지 검지에 힘을 잔뜩 주면서 말이다.

"으윽?"

낯빛이 하얗게 질린 표운이 비음을 흘리며 동문 사형제들을 원망스러운 눈길로 째려봤다.

"시간 없다. 따라와."

염세악이 무성한 숲 안쪽으로 사라지자 표운이 흡사 도살장으로 끌려 나가는 소처럼 울상을 지으며 뒤따랐다.

"으으......."

"으음!"

숲 안쪽으로 향하는 표운을 보며 일대제자들은 다시 한 번 몸서리를 쳤다.

멀리는 가지 않은 듯 둘의 목소리가 선명하게 들려왔다.

"자, 골라봐. 내가 뭐로 할까? 회초리? 아니면 목검?"

송자건 등이 그 말을 들으며 동시에 속으로 외쳤다.

'목검!'

"목, 목검으로 하겠습니다."

표운의 생각도 그들과 다르지 않은 모양이었다.

"그래? 그럼 회초리로 하자."

"헉?"

송자건과 그의 사형제들은 염세악의 심술에 치를 떨었다.

"자, 간다?"

일행들은 매일 밤 치르는 홍역의 신호탄을 알리는 염세악의 말에 표운의 명복을 빌었다.

"으아아아아아악!"

"엄살 피우지 마! 이놈아!"

송자건 등은 표운의 비명이 들려올 때마다 그 상황이 그려지는 듯 침을 꿀꺽 삼켰다.

"오늘은 안 오시는 줄 알았더니……."

"괜히 장평 그놈 때문에 마음을 났소."

"그래도 우리가 아니라 얼마나 다행인가?"

"표운이 나중에 평이를 보면 이를 갈겠군."

송자건과 반운산이 주고받는 사형제들의 대화에 머리를 절레절레 흔들었다.

"나는 순번이 돌아올 때쯤 되면 잠도 오질 않소."

"넌 나보다 낫구나. 내 마음이 편할 때는 태사조님께 밤새도록 죽도록 얻어맞은 후 끝났다고 말씀하실 때 딱 그때뿐이다."

"나도요."

"나도."

나이 사십이 넘은 자들이 치기 어린 아이처럼 불평불만을 토하며 투정을 부렸다.

염세악이 처음 정풍곡으로 가 폐관수련 하라는 말에 일대 제자들은 감동을 가슴에 끌어안고서 투지를 불살랐다.

하지만 그런 그들의 감동과 투지는 정풍곡의 첫날밤부터 산산조각이 나버렸다.

야심한 밤에 염세악이 찾아와 한 말이 하루에 한 사람씩 해가 뜰 때까지 대련을 하겠다였다.

처음에는 모두가 뛸 듯이 기뻐했다.

하지만 제일 첫 번째로 지목된 반운산이 염세악과 함께 숲으로 갔다가 새벽녘에 초주검이 돼서 돌아온 것을 보고는 기겁하고 말았다.

그들은 아직도 첫날이 지나고 반운산의 몸에 고약을 바르고 내상약을 먹여주며 염세악이 한 말을 잊지 않았다.

'부상은 걱정 마라. 하루면 다 나을 게야. 그래야 다음 순번이 돌아올 때까지 멀쩡한 몸으로 날 기다리지.'

염세악과 하루 한 명씩 밤새도록 대련을 겪은 일대제자들은 그 후 완전히 기가 꺾였다.

사람 좋은 미소와 허물없이 대하는 태사조의 모습은 온데간데없었다.

사람이 변한 듯 무지막지하게 덮쳐오는 염세악의 기세는 실로 살벌함 그 이상이었다.

게다가 대련에 임할 때 염세악은 정말로 죽일 심산처럼 소름끼치는 살기를 뿜어냈다.

염세악이 뿜어내는 살기에 기가 눌려 아예 손도 써보지 못하고 죽도록 얻어맞기만 한 일대제자가 태반이었으니 말 다한 것이다.

말이 대련이지 실상은 일방적인 구타나 다름없었다.

대련 때 그들은 진검을 썼지만 염세악이 손에 드는 것은 항상 둘 중에 하나였다.

회초리. 아니면 나무 몽둥이.

염세악은 매번 대련 때마다 당사자에게 선택지를 줬다.

일대제자들은 처음에는 생각할 것도 없이 당연히 몽둥이를 선택했다.

화산파 일대제자의 신분으로 아무리 사문의 최고 어른인 태사조와의 대련이라지만 진검으로 회초리와 겨룬다는 것은 자존심이 용납하지 않았기 때문이다.

사실 몽둥이를 선택할 때도 그들은 자존심에 상처를 입었었다.

대화산파의 매화검수가 진검을 들고서 몽둥이와 검을 섞는다는 게 말이 되는가.

하지만 그런 결심은 각자 한 번씩 대련을 경험한 후 손바닥 뒤집듯 바뀔 수밖에 없었다.

밤새도록 온몸으로 몽둥이찜질을 받으니 당해낼 재간이 없었던 것이다.

게다가 염세악은 말로는 대련이라고 하면서도 손속의 잔인함이 이루 말로 표현할 수 없을 정도였다.

동문 중에서 화산 밖의 강호무림을 가장 많이 경험한 반운산조차 첫날 팔 하나가 부러지고 정강이뼈가 으스러져 피투성이로 귀환했기 때문이다.

이쯤 되자 일대제자들은 몽둥이를 피해 하나같이 대련에

임하며 회초리를 선택했다.

하지만 회초리를 선택한 것은 그야말로 최악의 한 수였다.

몽둥이를 상대할 때처럼 어디 한군데가 부러져 나가지는 않았지만 온 전신에 빠끔하지 않은 곳 없이 회초리로 매질을 당하는 고통은 또 다른 아픔을 선사했다.

한 번 맞으면 살갗이 지렁이처럼 부풀어 오르고 두 번 맞으면 살갗이 벗겨졌으며 그다음부터는 진득한 선홍빛 피가 줄줄 흘렀다.

이쯤 되자 일대제자들의 선택은 원점으로 돌아왔다.

회초리를 맞느니 차라리 몽둥이찜질을 당하는 것이 백번 낫겠다는 생각을 한 것이다.

그러던 것이 얼마 전부터는 염세악이 몽둥이를 빼고 목검으로 교체했다.

그즈음부터 그들에게도 어느 정도 숨이 트이기 시작했다.

"대사형, 그래도 요즘은 견딜 만하지 않습니까? 목검으로 대련할 때 말입니다."

"음."

송자건이 동의한다는 듯 고개를 끄덕였다.

일대제자 한 명이 고개를 흔들며 말했다.

"어휴! 태사조의 그 회초리나 몽둥이는 정말 생각만 해도 무섭습니다."

"그래. 요즘 태사조께서 자주 목검으로 상대하시니 그나마 낫지."

"그런데 전 좀 이상한 생각이 듭니다."

"뭐가 말인가?"

누군가 의문을 품는 소리에 사형제들이 그를 돌아봤다.

"태사조의 그… 회초리와 몽둥이를 쓰실 때는 정말 속수무책으로 얻어맞기만 하는데 목검을 쓰실 때는 막지는 못해도 한 번씩은 틈이 생겨 피하지는 않습니까?"

그의 말에 모두가 고개를 끄덕거렸다.

"그전에는 초식도 없는 몽둥이질과 매질을 아무리 용을 써도 얻어맞기만 했는데 태사조께서 목검으로 펼치시는 매화검술은 좀……."

송자건 등은 그가 마지막 말끝을 얼버무렸지만 무엇을 말하려는 것인지 다들 짐작했다.

그들 또한 대련 과정에서 염세악이 펼치는 매화검술에 간혹 빈틈을 엿보았기 때문이다.

그들에게 있어선 철야고행의 살 떨리는 대련 중에 실로 감로수 같은 생문이 따로 없었다.

하지만 그 빈틈이란 것이 실로 실수라고 하기에는 어처구니없는 허점이라 이해가 가질 않았다.

반운산이 말했다.

"태사조님께서 저희를 배려하신 겁니다."

"배려? 태사조님이?"

당장에 여기저기서 당치도 않다는 반응이 쏟아져 나왔다.

"그런 걸 아시는 분일까?"

"설마?"

"그럴 리가 없지."

"맞아."

믿을 수 없다는 듯 인상부터 구겼다.

하지만 이미 누구보다도 염세악에 대한 굳건한 믿음으로 무장된 반운산은 눈에 콩깍지가 씌워 태사조가 행하는 모든 것의 이면에는 의도된 깊은 뜻이 있다고 여겼다.

반운산은 확신이 어린 표정으로 말했다.

"저희가 너무 부족하니 필시 태사조께서 일부러 검술의 단계를 낮추시고 틈을 주는 것입니다."

"아……."

"으음."

배려라는 말에 콧방귀도 안 뀌던 일대제자들의 반운산이 단언하듯 말하는 추측에 탄성을 흘렸다.

추측이긴 하지만 앞뒤 따져보니 확실히 그래 보였던 것이다.

그때 서열 다섯째인 우대강이 말했다.

"혹시 말이야……."

"……?"

복잡한 일에는 일절 끼어들지 않는 우대강이 오랜만에 먼저 입을 열자 다들 그의 다음 말을 기다렸다.

"태사조님이 매화검술을 잘 모르시는 게 아닐까?"

"……."

순간 그들 사이로 어색한 침묵이 흘렀다.

"사형!"

"에휴! 말이나 안 하면 체면이나 안 잃지."

"이 녀석아, 생각을 좀 하고 말해라."

"그건 좀 아닙니다. 우 사형."

다들 혀를 차며 타박하자 우대강이 머쓱한 표정을 지으며 머리를 긁었다.

"아니, 뭐 그럴 수도 있다는 거지. 사람 무안하게시리 다들 너무하는 거 아니야?"

보다 못한 송자건이 한마디 했다.

"네 머릿속엔 뭐가 들었는지 모르겠구나."

"대사형?"

"말이 되는 소리를 해야 듣는 척이라도 하지. 태사조님의 존호가 무엇이냐?"

"에이! 제가 팔푼입니까? 검신 아닙니까, 검신! 검의 신!

검신!'

"……"

아주 가슴을 당당하게 앞으로 내밀며 자신 있게 하는 말에 사형제들이 기도 안 찬다는 표정으로 우대강을 쳐다봤다.

"우 사형을 어찌해야 할지 모르겠습니다."

"어떡하겠냐. 사형제인데 끌어안고 가야지."

"휴우……"

가장 막내가 아무런 말도 않고 한숨만 흘리자 우대강이 발끈했다.

"막내! 너 이 녀석이?"

순간 송자건이 우대강의 귀를 잡아당겼다.

"윽? 대사형!"

"이 녀석아. 본 파뿐만 아니라 강호무림에서 검신으로 추앙받는 태사조님이 본 파의 매화검술을 모른다고?"

"헙?"

고통으로 인상을 쓰던 우대강이 그제야 자신의 실수를 깨닫고는 뒤늦게 민망한 표정을 지었다.

"쯧쯧! 네가 네 입으로 팔푼이라고 증명하는 꼴이로구나."

"대사형~!"

우대강이 울상을 지었다.

하지만 그의 사형제들은 모두 그런 우대강을 외면했다.

으아아아악! 아아악!

숲에서 들려오는 표운의 비명이 더욱 커졌다.

일행들은 생각했다.

아직 곡소리가 안 나는 걸 보니 실한 반응이 오려면 좀 더 있어야겠구나, 라고.

*   *   *

왕직은 하루를 꼬박 잠들어 있다가 밤중에 깬 진무를 보자마자 기다렸다는 듯 화산파에 불어닥친 소란을 미주알고주알 고했다.

오랜 과로로 인해 정기가 크게 상해 여전히 혈색을 회복하지 못하고 가쁜 숨을 몰아쉬는 진무였지만 염세악과 관련된 일이라 그런지 굳이 왕직의 말을 막지 않고 오히려 기꺼운 기색으로 들었다.

신이 나 두서없이 떠벌리는 왕직의 말이었지만 십수 년 이상을 왕직의 수발을 받아온 진무는 익숙한 습관으로 그의 말을 알아서 거르고 순서를 맞춰 들었다.

이야기를 듣는 동안 진무는 가슴이 뭉클해 목이 메었다.

연이어 파격이라 할 만큼의 행보를 보이는 염세악의 그 모든 것이 모두 병으로 누워 비몽사몽간에 화산파를 지켜달라고 부탁한 자신의 뜻을 지키려는 것임을 알았기 때문이다.

"…어떻습니까? 진짜 우리 태사조님 정말 대단하시지 않습니까요? 캬! 제가 우리 태사조님을 괴월봉에서 처음 뵀을 때부터 알아봤다니까요? 역시 백 년 전 검신이란 존호로 천하를 벌벌 떨게 한 우리 태사조님입니다! 장문인, 우리 태사조님이 앞으로……."

"콜록! 콜록! 그만 좀 하거라. 귀 따갑다, 인석아."

진무가 도무지 그칠 줄 모르는 왕직의 수다에 기침을 내뱉으며 손사래를 쳤다.

"예? 아직 안 끝났는데요? 우리 태사조님이……."

왕직을 보며 실소한 진무가 타박조로 말했다.

"이놈아. 태사조님을 네가 언제부터 알았다고 말끝마다 우리 태사조님이냐?"

"장문인? 그게 무슨 말씀입니까요? 우리 태사조님은 화산파가 낳은 불세출의 인걸이자 영웅이시고 화산파의 문도인 제게 당연히 우리 태사조님은 한 몸이나 마찬가지지요!"

한번 뱉었다 하면 일장연설을 하는 왕직의 태도에 고개를 절레절레 흔들었다.

"너는 어째 나이를 먹을수록 입을 놀리는 게 청산유수로구나. 그 즐거움을 수양하는데 쏟았으면 네 또래에서 대사형이 돼도 모자랐을 텐데. 쯧쯧!"

"장문인. 수양에 너무 집착하는 것도 옳은 길이 아니라 했습니다. 하늘 위에 구름이 흘러가듯 그대로 놔두는 법을 안다면 그것이 바로 자연의 이치이자 우주의 법칙이라 했지요."

"에라이! 이놈아. 요놈이 어디서 사이비 도사 시늉을 내는고."

"흐흐흐."

진무가 역정을 냈지만 왕직은 그것이 시늉뿐임을 알기에 음충맞은 웃음을 흘렸다.

"너도 가봐야 하지 않겠느냐?"

"예? 어딜 말입니까요?"

진무의 뜬금없는 말에 왕직이 눈을 끔벅거렸다.

"정풍곡 말이다. 네 동기들이 다들 거기서 폐관수련에 임하고 있지 않더냐?"

"어?"

이번에는 정말 놀란 듯 왕직이 눈이 화등잔만 하게 커다래졌다.

"장문인께서 그걸 어찌 알고 계십니까? 이상하다? 분명 저는 아무런 말씀도 안 드렸는데?"

왕직이 고개를 갸웃거리며 의아해하는 모습을 보고 진무가 피식 웃었다.

"공부를 게을리해서는 안 되는 법이다. 또 네 동기들보다

뒤처져서야 되겠느냐? 내 병수발은 사손들을 시키면 되니 너도 그만 정풍곡으로 가보거라."

"장문인, 그게 무슨 섭섭한 말씀입니까? 제가 장문인 수발을 든 지 얼마나 오래됐는데요!'

진무는 철딱서니 없는 왕직을 보며 한숨을 쉬었다.

"병든 나를 돌보는 것은 중요하지 않다. 또한 그것은 누구라도 할 수 있다. 하지만 수양은 누가 대신해 주지 않는다. 네나이가 벌써 사십이 다 되어가는데 언제까지 이렇게 세월을 낭비하고만 살 것이냐?'

진무가 제법 진지한 어투로 말했다. 하지만 대꾸하는 왕직은 머뭇거림이 없었다.

"장문인께서 기력을 회복하실 때까지요!'

"어허? 장문령을 내려야 말을 들을 참이냐! 그도 아니면 내직접 태사조님께 말씀을 올려야 정신을 차릴 것이냐!'

진무가 다소 엄해진 목소리로 꾸짖었지만 왕직은 오히려히죽 웃었다.

"태사조님께서 전 폐관수련 면제라고 하셨습니다."

"뭐?'

진무의 얼굴 위로 당황한 빛이 어렸다.

"처음엔 태사조께서도 저보고 폐관수련에 임하라 하셨지만 제가 장문인을 수발 들 제자는 절 따라올 자가 없다고 말씀드렸더니 '그럼 넌 면제!' 라고 말씀하셨지요. 흐흐!"

왕직이 염세악에게 직접 허락을 받았다는 소리에 진무도 잠시 말문이 막혔다.

"하나, 너도 수양을 게을리하게 되면……."

다소 누그러졌지만 여전히 주장을 굽히지 않는 진무에게 왕직이 쐐기를 박았다.

"장문인! 것도 걱정 마십시오! 태사조님이 장문인을 잘 보살펴 쾌차하시면 제게 절세신공 하나를 전수해 주시겠다고 약조했습니다! 우하하하!"

"절세신공?"

반문하는 진무의 표정에 못 미더운 빛이 스쳤다.

그가 아는 염세악은 스스로 깨달음에 이르도록 문을 열어 주는 성품이지 힘에 기반한 어떤 것을 경솔히 전수하는 가벼운 사람이 아니었기 때문이다.

물론 진무의 생각이 틀린 것만은 아니었다.

하지만 답은 옳되 그 이유는 전혀 달랐다.

염세악이 진무에게 신공이라 할 만한 것을 전수하지 않은 것은 그가 마공을 익혔기 때문이었고 화산파의 절학을 전혀 모르기 때문이었다.

결정적으로 염세악은 누구랑 무언가를 나누는 것을 극도로 싫어했다.

기본적으로 염세악은 젊어서부터 '특별함은 혼자만 가지고 있을 때 특별한 것이다'라는 좌우명을 지녔으며 '힘들게 얻은 걸 왜 나눠가져?'란 철칙을 틀림없이 지키고 살아왔다.

어쨌든 본의는 진무의 대착각이라 쳐도 결론은 같다고 볼 수 있었다.

그러나 진무가 모르는 것이 하나 더 있었다.

염세악이 진무를 얼마나 아끼는지를.

진무의 일이라면 자신의 가슴을 가르고 심장을 꺼내 쥐도 아깝지 않게 생각한다는 것을.

그래서 왕직에게 한 약속이 허언이 아니라는 것을 말이다.

第三章

　폭포라 하기엔 물줄기의 높이가 고작 어른 키만 하고 고여 있는 물은 작은 연못만도 못한 곳.

　떨어지는 물줄기조차 도랑가의 실개천보다 가늘어 딱 사람 두서넛이 나란히 서서 누는 오줌 줄기 정도.

　산사태로 토굴이 무너져 몸을 피한 후 오랜 세월 그가 거처로 삼았던 곳이다.

　폭포라 부르기에 민망할 정도로 볼품없는 물줄기였고, 사방이 병풍처럼 둘러진 안쪽 땅은 발을 디딜 곳도 얼마 되지 않는 협소하기 짝이 없는 공간이었다.

하지만 염세악은 이곳이 마음에 들었다.

물은 시끄럽지 않게 고요히 흐르고 나무와 풀이 있으며 고개를 들어보면 손바닥만 한 하늘이 한눈에 들어오니, 하늘과 땅 자연이 모두 있어 염세악만의 작은 하나의 세상이었다.

그래서 염세악은 이곳을 도원소(桃源沼)라 이름 짓고 자신의 거처로 삼았었다.

웃통을 벗고 이 갑자의 세월을 증명하는 당당한 골체미를 내보인 채 좌정하고 있는 염세악. 실개천 같은 물줄기가 염세악의 정수리 한가운데로 주르륵 떨어져 내렸다.

'기공십팔편은 끝장을 봤고 매화검법도 형을 갖춰 진경에 접어들었다.'

지난 몇 달간 원치도 않았던 한호의 이름으로 살아가야 했다. 괜한 오해로 비롯된 일이었으나 어쨌거나 의심만은 피해야겠기에 제대로 한호 행색을 해야만 했다.

사실 걸린다고 해도 다른 건 문제가 안 됐다.

홀홀 털고 떠나면 그뿐, 하지만 일이 점점 커지고 나니 걱정이 생겨날 수밖에 없었다.

만일 들통이라도 나면 진무의 꼴이 어찌 될지 눈에 선했기 때문이었다.

절대로 그런 일이 생겨선 안 되는 것이다.

그래서 정신없이 바쁜 나날 속에서도 문지방이 닳도록 뻔

질나게 장서각인 현오궁을 들락거리며 한호와 관련된 화산파 절기를 이를 갈며 수련했다.

극마경의 정점을 찍은 경세의 마공 천살마공과 정종무학 중에서도 현문의 조종이랄 수 있는 화산파의 기공.

서로 극명하게 상충하는 두 갈래의 무공을 익히며 숨을 내쉬든 몸을 쓰든 피를 토하고 쌍코피 터져 가며 고련 끝에 마침내 염세악은 화산파의 기본공이라 할 수 있는 기공십팔편을 연성해 낸 것이다.

그리고 명실공히 화산파 최고의 검술이랄 수 있는 매화검법도 터득할 수 있었다.

화산파의 솜털이 뽀송뽀송한 어린 것들도 며칠이면 구결을 암기하고 자면서도 운기할 수 있는 기공십팔편을 연성하는데 염세악은 무려 몇 달이나 걸렸다.

순간의 깨달음으로 비경(秘境)에 접어든 염세악은 심신은 천인합일을 이루고 눈은 만류귀종의 이치를 깨달았지만 근본부터 다른 정종무학에 접근하는 일이 생각보다 쉽지 않았다.

오죽하면 기본 중의 기본이라는 기공십팔편 따위에 무려 몇 달을 허비했겠는가.

글자만 봐도 구역질이 나고, 구결에 따라 행하기만 해도 쌍코피를 흘리고 정신이 혼미해지는 상황에서 기어이 연성한 기공십팔편에 대해서 염세악은 인간 승리라며 자평했다.

무림의 일절이자 화산파의 비전검술인 매화검법을 터득하는 것은 오히려 기본 기공인 기공십팔편을 연성하는 것보다 훨씬 쉬웠고 빨랐다.

과거 토굴에 갇혀 있었던 시절, 가장 사이가 좋지 않았던 장헌이 삼 년의 시간 동안 단 하루도 거르지 않고 매화검법을 수련하던 것을 지겹도록 지켜본 것이 가장 큰 도움이 됐고, 형과 식을 몸으로 체득해 실전에 옮기는 수단으로 정풍곡의 일대제자들과 합을 맞춰보면서 검리를 더욱 가다듬을 수 있었다.

매화검법에 담긴 오의와 그 정수를 깨닫기까지는 이제 끝을 알 수 없는 심상수련만이 남아 있을 뿐이지만 지금도 과히 나쁘진 않았다.

검의가 닿아 있지 않은 외형만 완성된 매화검법일지라도 염세악에겐 천지를 갈아엎고도 남을 내공이 있었다.

'흐흐! 정수는 얼어 죽을! 검기를 뿜어내고 매화검결에 따라 어검술을 펼쳐 보일 수 있는데 더 뭐가 필요하랴!'

검의가 빠졌어도 사람들의 눈에 완성경 이상을 넘어선 화산파 최강의 매화검법이라 찬사를 아끼지 않을 것이다.

물론, 진실은 십성의 완성경도 이루지 못한 구성의 매화검법에 불과할 테지만.

염세악은 그것만으로도 충분하다고 생각했다.

화산파 하면 당연히 나와야 하는 매화검법을 익혔으니 일단 급한 불은 끈 셈이다.

갈 길이 바쁘지만 염세악은 어느 정도 여유를 되찾았다.

"자, 그럼 다음으로……."

염세악은 이제는 자면서도 달달 외울 지경인 한호가 익힌 절기들과 구결을 머릿속으로 훑어보았다.

한호가 익힌 심법은 매화검법을 제외하곤 모두 특정한 검법과 연계되는 것들이었다.

태허도폭십자신공(太虛道瀑十字神功)이 바탕이 되는 검술은 풍뢰십자폭(風雷十字爆).

"이름부터 거창한 걸 보니 골치 아프겠구만."

염세악은 '태허'라는 글귀에 께름칙한 표정을 지으며 생각해 보지도 않고 바로 제쳤다.

공이 어떻고 허가 어떻고 하는 도 닦는 소리는 딱 질색이었다.

두 번째는 반선무형귀갑공(半仙無形龜甲功)과 무극검(無極劍).

순간 염세악의 얼굴이 똥 씹은 표정마냥 구겨졌다.

현오궁에서 잠시 봤던 무극검보에 기록된 한호의 말이 떠오른 것이다.

'공부는 끝이 없노라. 일희일비하지 말고 일생을 매진하라.'

'빨리 가고자 하는 마음으론 도달하지 못하니, 아무것도 얻지 못해도 그 또한 도이니라.'

"흥!"

염세악은 코웃음과 함께 머릿속에서 두 가지 무공을 싹 지웠다.

그러자 남은 건 두 가지뿐이었다.

오행항마진결(五行降魔眞訣)과 성라광포십삼세(星羅光砲十三勢).

염세악은 '항마'라는 말이 거슬리긴 했지만 심법이나 검법의 이름에 뜬구름 잡는 글자가 들어가 있지 않고 딱 봐도 노골적으로 '이거 무지 센 거야'라고 말하는 직관적이고 명확해 보이는 이름들이 마음에 들었다.

염세악은 성라광포십삼세부터 먼저 살펴봤다.

하나의 초마다 십팔 식의 동작이 연환으로 이루어져 있는 총 십삼 초의 검세.

일 초를 펼쳐도 열여덟 번의 움직임이 한 번에 쏟아져 나오니 도합 이백서른여덟 번의 공격이 쉴 새 없이 몰아치는 연환 쾌검이다.

글자 그대로 하늘에 떠 있는 무수한 별 무리가 빛다발을 내려치는 것이다.

"빌어먹을! 많기도 하다."

염세악은 무슨 놈의 무공이 이다지도 복잡하나 싶었다.

"딱 봐도 다 써먹지도 못할 복잡한 검식을 가지고 뭐가 모자라 그 많은 가짓수를 죽자 사자 연성했는지……."

한호는 내공심법만 무려 네 가지나 익혔다. 그에 따른 검법도 네 가지. 거기다 장권 두 가지와 지법에 온갖 잡다한 보신경까지.

비전의 절학 하나 외에 잡다한 것을 익혔으면 그럴 만하다고 인정해 줄 수 있지만, 염세악이 잡다하다고 치부한 보신경마저도 하나하나가 화산파 비전의 절학이 아닌 것이 없었다.

그에 비하면 염세악이 평생을 함께한 절기는 한호가 익힌 가짓수와 확연하게 비교될 정도로 단출하기 짝이 없었다.

내공심법은 천살마공 딱 하나다.

총 십 단계로 이뤄진 천살마공은 완성을 이루면 그 어떤 것도 부순다는 상고의 신력, 몰천력(沒天力)을 쓸 수 있게 된다.

그리고 이 몰천력을 극대화시키는 두 가지 부법(斧法).

천살역류탄(天殺逆流彈).

파산천강추(破山天罡鎚).

그 외에는 보법과 신법, 경신법을 하나로 합친 극심표(極甚剽)라는 공부밖에 없었다.

일필휘지로 단숨에 그림을 그려 나가듯 성라광포십삼세의

초식을 머릿속에 수놓은 염세악은 곧바로 오행항마진결의 구결을 상고했다.

목(木), 화(火), 토(土), 금(金), 수(水).

오행(五行).

교호상생, 교호상극(交好相生, 交互相剋).

화합하여 지극한 고요를 이르고, 다툼을 통해 질서를 잡는 이치를 깨우친다.

그러나 많으면 숨 쉴 수 없고 궁하면 버틸 수 없다.

화합과 다툼이 합일하여 반생(反生)을 경계하고 무쟁(無爭)으로 반극(反剋)을 물리니……

생멸(生滅), 천지(天地), 일월(日月), 명암(明暗).

음양이기(陰陽二氣).

이음이양, 이양화음(以陰?陽, 以陽和陰).

음으로 양을 기르고 양과 음은 둘이 아니니 화합하여 내기를 다스림에……

"아이구! 두야~"

구결을 풀어보기는커녕 암송하는 것만으로도 염세악의 얼굴이 휴지 조각처럼 구겨졌다.

학문은 고사하고 무공 비급이라도 글과는 담을 쌓은 염세악이 음양오행이란 고절한 이치를 이해하기엔 무리가 있는 것은 당연했다.

"딱히 뭐 위험할 것 같진 않은데······."

염세악은 기공십팔편을 연성할 때 느꼈던 천살마공과 상충하는 현상이 일어나지 않자 고개를 갸웃거렸다.

신중이란 것과는 담을 쌓은 염세악은 간단히 결론 내렸다.

"허세구만. 하여간 정파 놈의 자식들은 뭘 좀 만들어냈다 하면 죄다 탕마(蕩魔)가 어떻고 멸사(滅邪)가 어떻고. 에잉!"

촤악!

떨어져 내리는 실개천을 가르며 가부좌한 자세를 풀고 일어난 염세악이 물이 고인 도원소 한가운데로 물결을 헤치며 걸어갔다.

수면이 겨우 무릎까지 오는 도원소의 중앙에는 염세악이 화산파에서 슬쩍한 철검 몇 자루가 수직으로 꽂혀 있었다.

첨벙!

염세악이 그중 하나를 쑥 뽑았다.

휘리리릭!

손에 든 검을 이리저리 휘두르며 좌우로 힘차게 내려그으며 염세악이 아쉬운 듯 입맛을 다셨다.

"쩝! 뭘 든 것 같지도 않구만. 낭창낭창하니 계집애 손목도 아니고."

염세악은 이미 오랜 세월 속으로 떠나보낸 자신의 애병 패왕부(覇王斧)와 흑뢰정(黑雷霆)을 떠올리며 아쉬운 표정을 지었다.

세상만사에 초연해져 힘에 대한 갈증도 잊고 한 몸처럼 아끼던 애병도 까맣게 잊었었는데 일이 이상하게 꼬여 다시 병기를 손에 쥐게 되자 무인으로서의 욕심이 자꾸만 꿈틀거렸다.

염세악은 쓸데없는 잡념은 지워 버리고 검을 사선으로 들고서 두 다리를 반 보 이상 비스듬히 벌렸다.

촤악! 스아악!

촤ー 악! 쒜ー 액!

염세악이 움직일 때마다 고요하던 수면이 동심원을 그리며 파문이 번져 나가고 튀어 오른 물방울이 염세악의 손에 들린 검에 예리하게 잘려 나갔다.

염세악의 손에서 성라광포십삼세가 느릿느릿하지만 한 치의 실수나 어긋남 없이 매끄럽게 일식일식 이어져 펼쳐졌다.

연환의 검세를 펼치는데 집중하는 것이 아닌 정확한 초식을 구현하는 것에 역점을 뒀기에 염세악의 움직임은 마치 검무를 추는 듯 유연하고 섬세했다.

"흐음! 썩 괜찮군."

염세악은 입술을 삐죽이며 아량을 베푼다는 듯 고개를 끄덕거렸다.

"일단 몸으로 체득하는 건 좀 시간이 걸리겠고……."

목 언저리를 긁적이던 염세악이 손에 든 검을 슬쩍 놓았다.

순간 손을 놓아버린 검이 수면 아래로 떨어지지 않고 허공에 둥실 떴다.

"흡!"

검결지를 짚은 염세악이 검지를 세워 전방을 겨누자 둥둥 떠 있던 철검이 화살처럼 쏘아져 나갔다.

쐐애애애애액!

깎아지른 듯 하늘 높이 솟아오른 절벽과 충돌하기 직전 염세악의 검지가 좌측으로 틀었다.

피피피피핑!

순간 놀라운 일이 벌어졌다.

직선으로 날아가던 철검이 염세악의 손짓에 따라 방향을 좌측으로 반전하며 수레바퀴처럼 회전해 날아갔기 때문이다.

진기를 이용해 공간을 격하고 사물을 움직이는 격공섭물이 아니었다.

무경 중에서도 지고무상한 경지로 회자되는 능공어검의 경지.

씨익!

염세악은 다 늙은 나이에 우쭐한 표정을 감추지 못했다.

비겁하게 떼로 덤벼 무릎을 꿇었던 당시의 검신 한호도 이 경지는 보지 못했다는 것이 떠올라 통쾌한 기분이 들어서였다.

"흐흐흐! 자, 그럼 본격적으로……."

염세악은 천살마공의 내공을 끌어올려 오행항마진결의 요결에 따라 진기를 도인했다.

마공으로 현문정종의 내공을 운기하는 것은 혈류의 흐름을 역행하고 기가 뒤엉켜 피를 토하고 죽겠다는 미친 짓이나 다름없었다.

하지만 극마경에 오른 염세악은 그저 소화불량에 걸린 것처럼 약간의 더부룩함과 거북함, 그리고 쥐가 날 정도로 조금 손발이 저린 것이 다였다.

머릿속으로 성라광포십삼세의 초식을 그리는 순간 심상이 발현되고 이는 곧 의지로 변해 허공을 유영하고 있는 검으로 전해졌다.

쉬이이이익!

염세악이 서 있는 도원소 위를 한 바퀴 선회한 검이 성라광포십삼세의 검식을 따라 허공을 가르고 하늘을 찌르며 살아 있는 듯 스스로 움직이며 춤을 췄다.

"좋구나!"

홍이 돋은 염세악은 제이초, 제삼초를 연달아 검에 전달했다.

쐐애애애액!

허공을 가르는 파공성이 달라졌다.

저공으로 비행하며 염세악을 스치듯 지나가자 잔잔하던 수면이 맹수의 발톱이 할퀸 것처럼 갈라지고 일어섰으며 스치는 나무들은 조금의 장애도 없이 서걱거리며 잘려 나갔다.

"이거 정말 쓸 만하구나! 그럼 어디……."

염세악은 반대편 손으로 수면 아래 꽂혀 있던 검을 향해 까딱였다.

첨벙!

그러자 꽂혀 있던 철검 하나가 동심원의 파문을 일으키며 쑥 뽑혀져 나와 저절로 떠올랐다.

"차핫!"

검결지를 짚은 손을 전방을 향해 가볍게 떨치자 수직으로 떠오른 철검이 한창 성라광포십삼세를 펼치고 있는 검을 향해 쏘아져 갔다.

염세악은 성라광포십삼세의 의념을 두 검에 전하는 한편 내공을 북돋아 오행항마진결 요결에 따른 진기를 더욱 운기도인했다.

츠츠츠츠츳!

음양이 아우러지듯 염세악의 의념을 받은 두 검이 회전하며 나란히 비행하더니 방향을 틀어 검끝이 하늘로 향했다. 그리고 서로 화합하듯 꽈배기처럼 소용돌이쳐 수직 상승했다.

슈아아아아아앙!

염세악의 고개가 부러질 듯 꺾이며 하늘을 향해 가가대소했다.

"으하하하하! 멋지구나! 멋져!"

자신의 진산절기가 아닌 화판사의 철학이었지만 염세악은 스스로 이뤄낸 장면에 감탄을 자아냈다.

수십 년 전에 능공어검의 경지에 이르렀지만 병기를 들고 실제로 손을 써본 것은 처음이었다.

"응?"

통쾌하게 웃어젖히던 염세악이 돌연 고개를 숙여 자신의 몸을 내려다봤다.

별안간 단전이 불끈하며 천살마공이 일어나는데 마치 성을 내는 것 같았다.

평생을 함께해 온 천살마공이기에 염세악은 이것이 무엇을 뜻하는지 잘 알고 있었다.

다만, 너무 오랜만이라 낯설고 떨떠름할 뿐이었다.

'이건 위험하다는 신호인… 데?'

기혈의 흐름 따위가 잘못됐다는 뜻이 아니라 말 그대로 외부로부터 뭔가 위험한 상황이 도래해 몸이 먼저 반응하는 위험 신호다.

하지만 반사적으로 기척을 감지해 본 염세악은 오히려 어리둥절하지 않을 수 없었다.

근방뿐만 아니라 도원소 밖의 사방으로 펼쳐진 산봉우리 너머서도 인기척 따위는 느껴지지 않았기 때문이다.

쐐애애애애액!

"……!"

순간 염세악은 귓전을 파고드는 예리한 파공성에 고개를 돌렸다.

"무, 뭐야?"

염세악이 화등잔만 해진 눈으로 다급히 신형을 비틀었다.

촤촤촤촤촤! 쌔애액!

간발의 차이로 두 자루 검이 염세악의 몸을 스치며 지나갔다.

쑤아아아앙!

몸뚱이를 살짝 비껴나간 두 자루 검이 저만치 날아가 방향을 선회하는 모습이 염세악의 당황한 시야에 들어왔다.

"이, 이게 뭐야? 왜 이래?"

염세악의 당혹성은 갑자기 공격해 오는 검들에게만 향하는 것이 아니었다.

뱃속의 단전에서 천살마공이 저절로 진기를 뽑아내 노도처럼 내달렸다.

염세악은 당황한 것뿐인데 몸속의 진기는 이미 일전을 준비하듯 제멋대로 준비 태세에 들어가며 염세악의 몸을 보호하려 했다.

"어? 어어?"

염세악은 뭐가 어떻게 돌아가는 건지 생각해 볼 사이도 없이 벌써 거리를 좁혀오며 쇄도해 오는 검들을 향해 황급히 의념을 마구 쏴 보냈다.

의념은 정확하게 전달됐다.

문제는 의념이 전해진 검끝의 방향이 한 치의 오차도 없이 염세악을 향했다는 것.

"이런 염병할!"

염세악이 와락 인상을 구기며 물속에 꽂아놨던 철검 한 자루를 뽑아 들어 앞을 가로막았다.

콰차창!

직격해 온 두 자루의 검과 염세악이 든 검이 충돌하며 요란한 쇳소리가 울려 퍼졌다.

츠르르르릉! 쇄쇄쇄쇄쇄!

하나의 검이 염세악의 철검과 맞닿은 상태에서 나머지 검이 수직으로 곧추세워졌다가 회오리치듯 파고들었다.

"이······!"

염세악은 기가 막혔다.

두 개의 검이 합주하듯 방어와 공격을 동시에 펼치며 성라
광포십삼세의 초식으로 염세악을 몰아쳐 왔기 때문이다.

염세악은 생각하고 자시고 할 것도 없이 손에 든 검으로 같
은 성라광포십삼세의 검식으로 맞대응했다.

문제는 염세악이 검식을 펼치기 위해 생각을 떠올린 순간
그 의념은 동시에 두 검에게도 동시에 전해졌다는 것이었다.

염세악은 똑같은 검식을 동시에 주고받는 와중에 금세 이
러한 상황을 눈치챘다.

그리고 일이 어떻게 된 것인지 수유의 순간 전후사정을 깨
달을 수 있었다.

"이런 젠장 할! 그렇구나!"

성라광포십삼세만을 생각하느라 까맣게 간과하고 있었던
오행항마진결.

'염병! 항마 운운할 때 눈치를 챘어야 하거늘!'

요결이나 검식이 마공과 상극이 아니었다. 오행항마진결
과 성라광포십삼세가 하나로 결합됐을 때, 진기 자체와 검의
기세가 마기에 반응하는 것이었다.

이는 곧 오행항마진결과 성라광포십삼세를 익힌 자는 설
혹 그 경지가 미미하다 할지라도 마공을 익힌 자와 마주치면

내공과 검초가 저절로 반응해 능력 이상을 발휘하게 된다는 결론이 나온다.

심법과 검법만을 따지자면 실로 보기 드문 절세의 항마검법이 아닐 수 없었다. 오행항마진결과 성라광포십삼세가 어째서 화산파의 비전 절학으로 남아 있는지, 어째서 한호가 그 많은 무학전적 가운데 이것들을 택했는지 알 수 있는 대목이었다.

하지만 마공 중에서도 으뜸인 천살마공을 익힌 염세악에게는 최악이 아닐 수 없었다.

별다른 거부 반응이 없고 금세 체득되기에 좋아라했더니 이런 상황이 벌어질 줄이야.

"으압!"

콧김을 뿜으며 염세악이 바닥을 박차고 충천할 듯 솟아올랐다.

쉬이이이익!

순간 두 자루의 검 또한 염세악의 앞과 뒤를 겨눈 채 지체 없이 따라붙었다.

순간 염세악의 앞뒤를 포위한 두 검이 벼락같이 원을 그리며 연환 검세가 폭발했다.

따다다다다다다당!

콰콰콰쾅! 꾸콰콰콰쾅!

염세악이 돌개바람처럼 신형을 회전하며 공세를 막아내는 동안 공세가 빗나간 두 자루 검의 검풍이 병풍처럼 둘러싼 사방의 절벽을 난자했다.

꽝음이 터지고 흙먼지가 피어오르며 절벽 겉면에 이도 들어가지 않을 촘촘하고 예리한 검흔이 새겨졌다.

'이런 쓰벌!'

인상을 팍 쓴 염세악은 욕이 절로 토해졌지만 황당한 감정이 진정되자 간단한 해결책을 바로 찾아냈다.

내공 운기를 그만두고 모든 의념을 중지하면 그뿐.

염세악은 바로 코앞에서 왔다 갔다 하는 검끝을 보고서도 오행항마진결의 내공 운기를 멈추고 단전도 닫아걸었다.

손에 든 검을 아래로 늘어뜨린 염세악의 신형이 나뭇잎처럼 아래로 하강했다.

'에잇! 이게 무슨 개망신이야?'

찰랑!

수면을 뚫고 다시금 도원소에 내려선 염세악은 뒤늦게 힘을 잃고 떨어져 내리는 검들을 바라봤다.

'이 웬수같은 한호! 죽어서도 내 앞길을 가로막는구나.'

염세악은 또 애꿎은 한호를 탓했다.

원망의 화살이 한호로 향하자 자연스레 한호와 마주했던 옛 기억이 떠올랐다.

이 갑자를 넘게 살면서 매번 하던 버릇 중의 하나.

하지만 그때 하필이면 한호가 성라광포십삼세의 최후 검식을 펼치던 모습을 떠올렸다.

쐐애애애애액!

"……!"

순간 염세악이 반사적으로 위를 쳐다봤다.

"이, 이런 개같… 안 돼! 멈춰! 멈추라고!"

염세악이 펄쩍 뛰며 상념을 끊었다.

하지만 애초 무념무상의 대도와는 거리가 먼 염세악의 머릿속은 그렇게 깔끔하게 정리되지 않았다.

천상에서 하강하듯 수직하강하며 눈부신 빛과 함께 수십 개로 불어나며 폭출하는 검세.

상념의 잔재는 한호 하나였지만 하강하는 검은 두 자루.

"제— 기— 랄!"

염세악이 머리를 싸매고 물속으로 몸을 던진 순간 가히 그물망 같은 검막을 형성한 수십 자루의 검영이 도원소를 내려쳤다.

쿠콰콰콰콰콰쾅!

콰콰쾅! 콰르르르룽!

第四章

"……."

"뭐? 하고 싶은 말 있어?"

염세악은 장평이 아무 말도 않고 병찐 얼굴로 쳐다보기만
하자 괜히 심통을 부렸다.

"누구랑 싸우셨습니까?"

장평이 묻는 말에 염세악이 빽 소리를 질렀다.

"안 싸웠어!"

"태사조님 얼굴이……."

장평의 표정이 해괴하게 변했다. 그도 그럴 것이 염세악의 꼴이 말이 아니었기 때문이다.

"그냥 걷다가 넘어진 거야."

"……."

머리는 미친놈처럼 산발한 데다 그마저도 여기저기가 예리한 뭔가에 잘려 나간 듯 삐쭉빼쭉하고 눈 한쪽은 벌겋게 살짝 부어올라 있었다.

'넘어지긴 무슨? 치수가 딱 나오는구만? 근데 이게 말이 되나?'

내일 모레면 서른인 장평이다.

한눈에 봐도 어디 걸어가다 넘어진다 한들 보일 상처가 아닌, 누군가에게 흠씬 두들겨 맞아야 나오는 상처인 것이다.

게다가 검신이라고까지 존경받는 태사조가 걸어가다 넘어졌다?

지나가던 개가 다 웃을 일이다.

하지만 육칠십도 아니고 세수 백 세가 훌쩍 넘은 그가 어디 가서 누구랑 싸움박질했다는 것도 말이 안 되는 소리긴 마찬가지였다.

게다가 검신씩이나 돼서 한판 붙었으면 최소한 검상이나 내상 정도는 되어야지 동네 왈패 싸움도 아니고 산발한 머리와 멍은 또 뭐란 말인가?

장평은 아무리 머리를 굴려도 눈앞의 상황이 이해가 되지 않아 고개만 자꾸 갸웃거렸다.

그러다 문득 아주 근본적인 모순점을 발견했다.

'가만? 이게 아니잖아? 누가 감히 괴물 같은 태사조님을 때릴 수 있지? 애초에 저 모습이나 상처 자체가 말이 안 되잖아?'

장평의 표정이 더욱 괴상하게 변했다.

그리고 그런 장평의 얼굴을 바라보는 염세악의 심통은 더 꼬여만 갔다.

                    *   *   *

퍼억!

와장창!

둔탁한 소리와 함께 객방의 문이 통째로 뜯겨 나가며 설매산장의 둘째 아들인 은호열이 밖으로 튕겨 나와 바닥을 나뒹굴었다.

"퉤!"

은호열은 피가 섞인 기침을 뱉으며 눈꼬리를 매섭게 치떴다.

"흥! 정인군자인 척 온갖 가식은 다 떨더니 이제는 볼 사람이 없으니 본색을 드러내시겠다?"

"방자한 놈! 그 입 닥치지 못할까! 정녕 네놈이 죽고 싶은 게냐!"

분노에 찬 고함이 터져 나오며 은호청이 객방 밖으로 뛰쳐나왔다.

"이미 끝장을 볼 심산인 건 아니시고?"

"이놈! 말이면 다인 줄 아느냐!"

은호청이 핏발 선 눈으로 노성을 터뜨렸지만 공허한 외침일 뿐이었다.

은호열이 양팔을 벌려 어깨를 으쓱했다.

"왜? 찔리시나? 무대가 제법 완벽하지 않아? 이 정도면 말이야."

"헛소리!"

함께 머무르는 다른 쪽 객방에는 아무도 없는 것인지 두 형제가 나란히 고래고래 소리를 쳐도 아무런 반응이 없었다.

입가를 훔친 뒤 소매에 묻은 피를 본 은호열이 차가운 미소를 지었다.

"아버지도 안 계시겠다, 본가의 눈도 없으니 눈엣가시 같은 나를 이참에 쓱!"

은호열이 말 끝머리에 손을 들어 목을 긋는 시늉을 해 보였다.

은호청의 눈에서 불똥이 튀었다.

"네놈은… 네놈은… 도대체 뭐가 문제냐! 왜 매번 삐딱하게 나오는 거냐! 어째서!"

"이야! 이거 누가 이 자리에 있었으면 순 나만 나쁜 놈 같겠는데 이거?"

형 은호청을 쳐다보는 은호열의 고개가 한쪽으로 삐딱하게 기울었다.

"서책을 한 자 더 빨리 읽어도, 가전무공을 한 초식 더 먼저 연성해도 그걸 알리지 못하게 막은 게 누구였더라?"

"이……!"

"열 살 때였나? 깨지도 않은 아버지가 아끼던 자기를 내가 깼다고 가주전에 오 년이나 발걸음하지 못하도록 아버지를 설득한 건 누구시더라?"

"이노옴…….'

은호청의 턱 밑이 노여움으로 푸들푸들 떨렸다.

"그 오 년 동안, 난 영문도 모른 채 아버지와 가문의 인척들은 말할 것도 없고 하인 놈들에게까지 미움을 받았어."

은호열이 피식 웃었다.

"나중에 알았지. 가주전에 들어가 보지도 못한 그 오 년의 세월 동안 나는 하지도 않은 말과 저지르지도 않은 잘못으로 설매산장이 배출한 최악의 문제아로 변해 있었다는 걸 말이야."

분노한 은호청의 눈동자가 일순 흔들렸지만 이내 버럭 고함쳤다.

"애초, 행실을 똑바로 했으면 네놈이 의심을 받았을 리도, 미움을 받았을 리도 없었다!"

은호열이 그 말에 실소를 머금었다.

"정말 조금도 틀리지 않는군, 어떻게 대꾸할지 예상한 것에서."

은호청은 자신을 비아냥대는 은호열의 태도에 분기탱천해 삿대질도 서슴지 않았다.

"네놈이 문제였다! 네놈이! 설매산장의 장자는 나다! 가문을 이어받을 소가주도 나다! 그런데 네놈은 어렸을 때부터 나를 넘으려고 했다! 뭐든지 나보다 잘하려고 했다! 사소한 것 하나라도 네놈이 나보다 낫다는 것을 내세워 눈에 띄려고 아등거렸다! 내가 네놈의 속을 모를 줄 아느냐!"

"그래!"

은호열이 자신의 가슴을 두들기며 마주 노호를 터뜨렸다.

"눈에 띄려고 별 짓을 다했다! 그게 뭐가 잘못됐는데? 누군 태어나자마자 당연히 가문의 뒤를 잇는 후계자고, 누군 태어나기도 전부터 들러리라니! 난 승복 못해!"

"네놈이 승복을 하든 안 하든 그것이 가법이다!"

은호열이 지지 않고 대꾸했다.

"내가 가주가 되면 확실히 고쳐 주지!"

분노한 은호청의 눈동자에 차가운 빛이 스쳤다.

"네놈이 정녕 사지가 분질러져 병신을 만들어놔야 정신을 차릴 모양이구나."

하지만 은호열은 오히려 그 말에 소리 내어 웃었다.

"하하하! 그런 말도 할 줄 아쇼? 이거 좀 뜻밖인데? 그런데 말이야……."

은호열이 웃음기를 지우며 말했다.

"내가 큰 아량을 베풀어 한 가지 가르쳐 주지. 이 화산을 벗어나는 순간 형은 온전한 본가를 이어받지 못할 거야."

"뭣이?"

흥분한 은호청을 보며 은호열이 싸늘한 표정으로 말했다.

"본가로 돌아가는 즉시 나를 따르는 가인들을 데리고 분가할 생각이거든."

"……!"

"연줄을 쓰든, 돈을 쓰든, 겁박을 주는 한이 있더라도 내 모든 전력을 기울여 본가의 사람들을 내 편으로 만들 거란 말이지. 그리고 그들 모두를 데리고 난 설매산장을 떠난다. 떠나기 전에도 봤지? 본가의 풍검대와 교대주가 날 따르는 것을 말이야."

부르르르.

은호청이 전신을 떨며 찢어죽일 듯한 눈빛으로 은호열을 노려봤다.

"반쪽 난 설매산장은 그토록 원하는 가주에 앉아 잘 이끄시지. 아니, 사람 일은 모르는 거니까 어쩌면 텅 빈 본가를 혼자서 지켜야 할지도 모르지."

"이 쳐 죽일 놈이!"

은호열의 마지막 말은 기어이 은호청으로 하여금 이성의 끈을 끊어놓았다.

채— 앵!

주먹이 아닌 발검 소리와 함께 은호청의 손에 검이 들렸다.

"흥!"

챙! 차창!

은호열은 은호청의 일격을 막아낸 뒤 검을 사이에 두고 형 은호청을 노려봤다.

"살기라… 현실을 깨달은 결단력은 봐줄 만한데 감당할 수 있겠어? 똑똑한 분이시잖아? 무공으론 나한테 안 된다는 것을 알 텐데?"

"닥쳐!"

"그 말밖에 할 줄 모르나?"

카카캉! 까가가가강!

고성과 비아냥이 오가는 가운데 두 은씨 형제의 검이 살벌하게 교차했다.

은호청도, 은호열도, 정말 서로를 죽일 심산인 듯 날리는 검초마다 급소를 노릴 정도로 살벌했다.

차창! 차차창! 카카캉!

설매산장은 초대 가주 때부터 대대로 화산파의 검학 중 하나인 낙영십이산(落英十二散)만을 고집스럽게 이어왔다.

빠름을 기반으로 한 변화막측한 낙영십이산은 한순간 방심하면 단숨에 전신을 난자당하는 잔인하고 매서운 검학이기에 두 형제의 싸움은 이미 생사결을 다투는 것이나 다름없다고 봐야 했다.

게다가 두 형제 모두 재질이 나쁘지 않고 대대로 한 가지 검법만을 고수해 왔기에 그들 가문의 선조들의 지혜와 실용적인 면이 가미된 검술은 결코 얕볼 수준이 아니었다.

그때 살벌한 검을 주고받는 형제 사이로 한줄기 노성이 파고들었다.

"이놈들이 또 싸움질이냐! 그만두지 못할까!"

염세악이었다.

"웃? 태사조, 이거, 그냥 싸움질이라고 말할 단계는 넘은 것 같은데요?"

장평이 두 형제의 옷으로 번져 가는 자상을 보며 안색이 급변했다.

하지만 염세악이 나타나 소리쳤음에도 은씨 형제는 아무 것도 들리지 않는 듯 싸움은 갈수록 격렬해졌다.

"이 마빡에 피도 안 마른 어린노무 자식들이 여기가 어디 라고 감히!"

그렇잖아도 심사가 뒤틀릴 대로 뒤틀려 있던 염세악이었 다. 그만두라고 말하는 데도 무시하고 살기까지 뿌려대자 기 어이 화가 폭발했다.

장평의 눈에 염세악의 신형이 사라진 것을 확인한 순간 이 미 그의 모습은 형제들이 뿌려대는 검과 검 사이에 솟아난 뒤 였다.

"헉?"

"큭?"

허깨비처럼 불쑥 솟아난 염세악의 모습을 확인한 순간 은 씨 형제들은 동시에 아연실색했지만 검을 회수하기에는 너무 늦은 뒤였다.

그때 염세악의 양팔이 뱀처럼 휘어감으며 양쪽의 검신을 맨손으로 잡아챘다.

터턱.

"……!"

염세악의 노한 눈길이 은호청과 은호열을 번갈아 노려봤 다. 그리고 날카로운 검신을 붙든 염세악이 손에 힘을 줬다.

텅! 터텅!

은호청과 은호열은 동시에 반 동강이 난 자신의 검을 눈이 휘둥그레져 쳐다봤다.

그냥 철검도 아닌 귀한 광물을 섞어 백련정강한 검이 맨손에 부러졌다는 사실이 믿기지 않는 눈빛이었다.

"요놈들이 좋게 좋게 말로 해줬더니 아주 간이 배 밖으로 나왔구나."

눈을 희번덕인 염세악이 양손의 검지를 꼿꼿이 세워 두 형제가 미처 반응할 사이도 없이 번개같이 찍어갔다.

"윽?"

"억?"

순간 은호청과 은호열이 동시에 비명을 지르며 쓰러졌다.

장평은 염세악이 맨손으로 두 자루 검을 한 번에 부러뜨리는 것을 보며 혀를 내둘렀다.

'역시 괴물 태사조.'

제대로 무공을 시전하는 것을 한 번도 보여준 적이 없음에도 한 번씩 성질을 부릴 때마다 드러내는 신위가 여지없이 상식을 부쉈다.

"엥? 왜 저래?"

장평이 쓰러진 은씨 형제들을 보다가 고개를 갸웃거렸다.

은호청은 다리는 움직이는데 상체는 얼굴을 땅에 박은 채

볼썽사납게 버둥거리고 있었고, 은호열은 두 팔을 움직여 기를 쓰고 일어서려 하는데 다리가 꿈쩍도 하지 않아 독기 어린 이를 갈아붙이고 있었다.

염세악이 말했다.

"서로 죽이지 못해 안달이니 어디 한번 잘 지내봐라. 한 놈은 하반신을 못 쓰고 한 놈은 상반신을 못 쓰니 싸우면 아주 볼만하겠구나!"

하지만 두 형제는 염세악의 말에도 뉘우치기는커녕 이 모든 게 다 너 때문이라는 듯 서로를 죽일 듯이 노려봤다.

"혹시라도 말해두는데, 그냥 마혈을 짚은 게 아니라 폐맥점혈을 한 것이니라. 혈도 푼답시고 내공 한 올이라도 운기했다간 평생 그 꼴로 살아야 할 게야."

"크윽!"

"빌어……."

장평이 염세악과 은씨 형제들을 보며 고개를 흔들었다.

성질 못된 태사조의 고약한 심보에 두 형제가 제대로 걸렸다 싶었다.

염세악은 꼴도 보기 싫은지 마당에 널브러진 두 형제를 쳐다보지도 않고 돌아섰다.

"가자!"

"예? 또 어디로요?"

염세악이 쭈글쭈글한 볼을 실룩이며 말했다.

"어디긴 어디야? 이놈들이 얌전히 있으랬더니 지 집 안마당처럼 아주 제멋대로 돌아다니고 있어? 이것들을 그냥!"

장평은 염세악이 아직 화가 덜 풀렸다는 것을 알았다.

그리고 누가 다음이든 염세악과 곧 만나게 될 '찍힌 속가 제자들' 을 향해 명복을 빌었다.

*　　　*　　　*

경내를 걷는 홍화순은 오가는 화산파 본산제자들과 조우할 때마다 정중히 두 손 모아 포권의 예를 올리며 한 치의 예법에 어긋남이 없는 모습을 보였다.

화산파의 젊고 어린 도사들도 이제는 며칠이 지나도 하산하지 않는 홍화순 무리를 알고 있는 눈치인 듯 마주 예를 올리며 미소로 화답했다.

홍화순의 얼굴에 긴 자상이 있는 게 흠이긴 했지만 워낙 준미하고 반듯한 인상이라 그걸 덮고도 남으니 대부분이 그에게 호감을 표했다.

물론 홍화순도 그런 걸 알고 있었다.

겉으로 보이는 외모를 이용해 상대를 방심하게 만들기도 했고, 흑회에서 청방의 혈표라는 별호가 주는 무서움은 전혀 상반되는 외모로 인해 더 큰 두려움을 상대에게 전해주곤 했기 때문이다.

'다녀오겠습니다.'

'표면적으론 너의 부재는 없다.'

'당연합니다. 흑회를 통일했다지만 모두가 머리만 숙였지 무릎까지 꿇은 것은 아니니까요.'

'그러니 화산파에 다녀오는 동안 흑회는 물론이고 청방의 형제들에게도 흔적을 남기지 말아야 한다. 알겠느냐?'

'명심하겠습니다, 아버지.'

'특별한 일이야 없겠지만 부득이한 일이 생기면 내가 사람을 보낼 것이니 성질 죽이고 있어야 한다.'

'…예.'

항주를 은밀히 벗어날 때를 기억한 홍화순의 표정에 짜증의 빛이 어렸다.

무림보다도 더욱 노골적인 힘이 지배하는 강자존의 바닥이 흑회다.

청방의 기둥은 당연히 아비이자 방주인 흑표가 흔들리지 않는 구심점이지만 질서를 잡고 공과를 분명히 해온 것은 그 자신이었다.

흑표가 넘볼 수 없는 경이의 대상이라면 혈표는 두려움과 공포 그 자체였다.

당연히 혈표의 부재는 흑회를 통일한 청방에 대한 불만을 품은 이들에게 기회라는 불측한 의도를 품게 만들 수 있었다.

그래서 항주를 떠나올 때 홍화순은 오직 아비의 배웅만을 받으며 새벽이슬을 맞으며 떠나야 했다.

'그 귀찮음을 무릅쓰고 온 것이 이따위 꼬락서니라니.'

홍화순은 답답해 미칠 지경이었다.

산을 내려가야 뭘 해보든 할 것 아닌가. 하지만 산문 밖을 나서는 것은 언강생심 꿈도 꾸지 못할 일이었다.

전설적인 백 년 전의 검신이자 괴물 같은 태사조의 엄포는 아무리 깡으로 뭉친 홍화순에게도 무시할 수 없는 위협이 아닐 수 없었다.

그렇다고 산을 내려가도 문제였다.

산 아래만 내려가면 흑회든 청방이든 형제들에게 소식을 알릴 수 있었지만 이런 하찮은 이유로 자신의 존재를 드러낼 수는 없으니 말이다.

홍화순은 아버지나 청방이 자신의 상황을 알고 손을 써주기 바랐지만 그조차도 당장은 요원했다.

항주에서 화산까지의 거리가 얼마던가. 아직은 화산파에서 벌어진 상황이 어떤지 소식이 닿기에는 시일이 부족하고, 자신이 화산파에 손발이 묶여 있다는 상황을 판단하려면 몇 달이 걸릴 지 확신할 수 없었다.

"하아……."

땅이 꺼질 듯한 한숨이 홍화순의 입에서 새어 나왔다.

성질 같아서는 섬서의 흑회 형제를 모조리 소집해 화산파를 쓸어버리고 싶은 것이 홍화순의 마음이었다.

불가능한 일은 아니었다.

그가 본 화산파는 이미 오악검파의 수좌도 아니었으며 더이상 전통명문의 검파도 아니었다.

많이 봐줘야 자신과 동년배로 보이는 청년 도사가 전부고 그 아래로는 소년이나 꼬맹이들만 득실거렸다.

화산파의 진정한 저력이랄 수 있는 매화검은 눈을 씻고 찾아봐도 보이지 않으니 화산파의 사정이 어떤지 눈에 확연히 들어왔다.

장로들이 건재하고 경지를 가늠하기 불가해한 천외천의 검신이 있긴 하지만 밤의 무림인 흑회는 고래로부터 무림의 신화적인 위인들을 상대하는 방법이 여럿 있었다.

온갖 극독과 산공독. 그리고 암기와 기문병기를 이용한 암습과 기습전. 또한 치밀한 함정과 여인을 이용한 암살로 흔적조차 남기지 못하고 쥐도 새도 모르게 사라져 간 무림의 명사와 풍진이인이 한두 명은 아니니까.

흑회가 누군가를 죽이고자 마음을 먹으면 가장 먼저 행하는 것이 하나의 성도, 나아가서는 일성을 완전히 통제하에 외부로부터 차단하는 것이었다.

혹회의 천라지망이 무서운 이유는 바로 이것에서 기인했다.

홍화순은 참을 데까지 참아보겠지만 인내의 한계에 다다랐을 때는 무슨 짓을 저지를지 자신도 장담할 수 없었다.

와아아아아아!

"......!"

상념에 젖어 목적 없이 길을 걷고 있던 홍화순은 고요하기 이를 데 없는 경내와는 이질적으로 시장통처럼 연방 왁자한 함성을 내지르는 곳을 향해 고개가 돌아갔다.

'애들인가?'

홍화순은 들려오는 함성이 젖비린내가 풀풀 풍겨대는 아이들의 목소리뿐이라는 것을 알았다.

딱히 할 일도 없고 처소는 하루가 멀다 하고 바람 잘 날 없는 멍청한 형제의 다툼 소리에 분초도 있고 싶은 마음이 없었다.

발길이 저절로 소리가 들려온 쪽으로 향했다.

청아원이란 편액이 걸린 전각에 도사 옷을 걸친 꼬맹이들이 줄줄이 서서는 중구난방으로 떠들어대고 있는 장면이 눈에 들어왔다.

홍화순은 하늘을 들어 시간을 가늠했다.

태양이 중천을 가르고 있으니 한창 일과 시간이어야 했다.

'아무리 어린애들이라지만 대낮부터 저리 풀어두다니 한심하군.'

문파의 장래를 생각하고 머리에 든 것이 있다면 마땅히 무예 수련을 시키든 하다못해 도경이라도 읽게 해야 하는 것이 정상이 아닌가.

홍화순은 고개를 저으며 혀를 찼다.

조직을 이끎에 있어서 가장 중요한 것 중의 하나가 미래를 책임질 기둥들에게 공을 들이는 것인데 이런 안일함이라니.

'끝났군. 기대해 볼 건덕지도 없겠어.'

화산파에 대한 실망과 비웃음이 천진난만한 꼬마들을 바라보며 측은함으로 바뀌었다.

아이들은 장난질에 한창이었다.

바닥에 그림을 그려놓고 이것저것 옮겨놓은 돌과 나무를 장애물로 배치해 뜀박질을 하느라 여념이 없었다.

얼마나 재미지게 노상 행해왔는지 아주 질서정연하게 줄을 서서 차례를 기다리는 모습이라니.

이때 꼬맹이들보다 조금은 더 머리가 굵은 한 무리의 아이가 홍화순의 뒤에서부터 스치고 지나가며 청아원 안으로 들어갔다.

밭일을 하다 온 것인지 손에는 농기구가 들려 있고 옷은 흙

투성이였다.

"내가 먼저!"

"비켜! 내가 먼저야!"

"이 녀석들이? 항렬순임을 몰라?"

"씨이!"

청아원에 도달하자마자 서로 먼저 들어가려고 소란을 떨더니 꼬맹이들이 놀고 있는 곳과 떨어진 곳에서 잠깐의 언쟁 끝에 녀석들도 질서정연하게 줄을 서는 모습이 홍화순의 눈에 들어왔다.

"하?"

홍화순은 기가 차 녀석들을 쳐다봤다.

머리가 좀 굵은 녀석들이라 좀 다를 줄 알았더니 줄줄이 차례를 서는 것을 보자 그나마 남아 있던 측은함마저도 싹 사라졌다.

"사형, 빨리해요!"

"알았으니까 보채지 마."

농기구는 아무렇게나 집어던지고 흙 묻은 옷도 정리할 생각이 없는 것 같았다.

"응?"

발길을 돌리려던 홍화순이 흠칫했다.

뒤늦게 청아원에 들어온 녀석들이 장애물도 없고 선도 그

어놓지 않은 밋밋한 평지 위에 주르륵 선 뒤, 그중 한 녀석이 자세를 잡고 땅을 박차며 움직인 순간 홍화순을 놀라게 만든 것이다.

땅을 차고 미끄러지듯 앞으로 나아가더니 균형을 잃고 쓰러질 듯 급격히 방향을 틀어 몸을 회전시키다 또 역전하고 사지를 땅에 짚고서 엎드렸다가 펄쩍 뛰며 공중제비까지 돌았다.

홍화순의 시선이 반사적으로 중구난방으로 신나 떠들어 대고 있던 꼬맹이들이 있는 곳으로 향했다.

'이건……?'

같은 움직이었다.

그림과 선 안에서 장애물과 장애물 사이를 오가는 꼬맹이들의 모습은 어설프기 짝이 없는 영락없는 장난질.

하지만 선도 그림도 없고 장애물도 없는 평지에서 빠르게 움직이는 아이들의 모습은 절대 단순한 놀이로 보이지 않았다.

'저게 대체……?'

홍화순의 눈에 놀람의 빛이 어렸다.

그때 뒤늦게 청아원에 도달한 아이 하나가 청아원 안의 사형제들을 보고는 안달 난 표정을 지으며 불평을 토했다.

"앗? 벌써 시작했네. 씨이! 나만 놔두고!"

청아원 안에 들기도 전에 손에 든 농기구를 내팽개치고 달려가려는 것을 홍화순이 붙잡았다.

"잠깐 나 좀 보자."

"예?"

아이는 홍화순이 부르는 소리에 고개를 돌렸다.

"지금 저게 뭐하는 것인지 내게 알려줄 수 있을까?"

홍화순이 가리키는 손을 따라 청아원 안을 쳐다본 아이가 '아?' 하는 천진난만한 표정을 지으며 말했다.

"수련인데요?"

"수… 련?"

미심쩍긴 했지만 아이를 통해서 직접 사실을 확인하자 홍화순의 표정이 기이하게 변했다.

아이가 고개를 끄덕였다.

"예. 태사조 할아버지께서 열심히 익히라고 가르쳐 주신 건데 진짜 재밌어요!"

홍화순은 아이가 신나 하는 소리로 '태사조'를 입에 담자 흠칫할 수밖에 없었다. 그가 언급된 순간 홍화순의 표정은 벌써 달라졌다.

"저게 뭐지?"

아이가 대답했다.

"역강육십사공(力强六十四功)이요."

실제로 몸을 쓰는 수법은 칠성미리보(七星迷離步)였고 거기에 숨어 있는 호흡법과 움직임에 역강육십사공이 담겨 있었지만 이러한 사실을 아이들은 알지 못했다.

염세악도, 화산파의 제자들도 그저 아이들에게 역강육십사공만을 말해주었을 뿐 군이 칠성미리보에 대해선 말해주지 않은 것이다.

"역강육십사공?"

홍화순은 생전 처음 들어보는 무공명에 더욱 의문스러운 표정을 지었다.

아이는 자랑스레 말했다.

"역강육십사공을 완성하면 여덟 번의 호흡으로 대주천을 할 수 있대요!"

"……!"

홍화순은 경악했다.

아이가 한 말이었지만 그걸 생각할 틈도 없었다.

여덟 번의 호흡으로 대주천이라니?

말도 안 되는 소리라며 이성이 부정했지만 진위 여부를 떠나 단순히 웃으며 헛소리로 치부할 내용이 아니었다.

게다가 그 말을 한 당사자가 검신 태사조라 말했다.

홍화순은 대화를 나누는 상대가 꼬맹이인 걸 까맣게 잊고 진심으로 물었다.

"그게 참말이냐?"

"그럼요! 이제 넉 달밖에 안 됐는데 다들 삼성에서 사성을 성취해서 내공도 운기할 수 있는 걸요? 대사형은 벌써 오성을 성취했다구요!"

"뭣? 내공?"

홍화순이 눈을 찢어져라 부릅뜨며 눈앞의 아이를 향해 기감을 열었다.

'이, 이이이이럴 수가!'

사실이었다.

틀림없이 아이의 단전에 똬리를 튼 내공이 느껴졌다.

기침단전을 이루고 내공을 운기하는 것은 결코 쉬운 일이 아니었다.

재주가 없으면 일 년이고 십 년이고 내공 운기는커녕 기침단전을 이루려는 시도를 하려다가 태반이 포기를 하는 것이 무림의 상식이다.

홍화순의 시선이 반사적으로 청아원 안쪽으로 돌아갔다.

"……"

할 말을 잊은 홍화순의 입에서 신음이 흘러나왔다.

단 한명도 빠짐없이 기파가 감지되고 있었다.

홍화순은 천진난만한 얼굴로 아직도 떠들어대고 있는 아이들을 보며 자신이 꿈을 꾸고 있는 것이 아닐까 하는 황당한 생각마저 들었다.

'어찌 전부 다 내공을……'

있을 수 없는 일이라 부정하고 싶었지만 눈앞에 보이는 현실이 홍화순을 아연실색하게 만들었다.

아이가 청아원과 홍화순을 번갈아 보며 말했다.

"더 물으실 것 없으시죠? 가봐야 되는데. 늦으면 안 되는데."

"그, 그래. 어서 가보거라."

홍화순은 더듬거리며 고개를 끄덕였다.

좋아라 만세를 부르며 청아원으로 들어가는 아이를 홍화순은 넋이 나간 듯 멍하니 바라봤다.

그리고 한참 동안 그 자리에서 움직일 줄을 몰랐다.

*   *   *

"무량수불."

"무량수불."

연화팔문의 백소령은 도호로 인사를 대신 해오는 예에 마주 화답했다.

백소령이 화산파의 속가제자 신분이었지만 면사로 얼굴을 가린 방갓을 쓰고 있고 옷차림새 또한 도포를 걸치고 있으니 마주치는 화산파 제자들은 그녀를 같은 도문 제자이자 도우(道友)로서 예를 갖췄다.

그녀는 화산파 장문인을 찾고 있었다.

아무런 이유도 없이 화산파에 연금되고 연화팔문의 의지를 전하려는 기회조차 주지 않는 염세악을 보며 생각의 방향을 바꾼 것이다.

아무리 황당하고 어이없는 상황에 처했어도 백소령은 언제나 냉정했다.

화산파의 전설적인 인물이든 살아 있는 신화인 검신이든 그뿐이었다.

백소령은 담판을 지어야 할 대상이 그가 아니라 화산파이며 화산파의 장문인이라는 것을 잊지 않고 있었다.

원래는 절차를 거쳐 정중히 화산파의 장문인과 대면할 생각이었지만 이 사람 저 사람을 통해 입이 옮겨지면 또 괴팍하기 짝이 없는 염세악이 무슨 훼방을 놓을까 우려스러워 직접 장문인과 맞대면을 하기로 결심한 것이다.

하지만 백소령의 이러한 결심은 이루어지지 않았다.

"죄송합니다. 장문인께서는 지금 와병 중이시어 손님을 받을 수 없는 상황입니다."

백소령은 고개를 끄덕이면서도 포기하지 않았다.

"그럼 언제쯤 장문진인을 뵐 수 있습니까."

소요정으로 오르는 관문을 지키는 청년 도사가 고개를 저었다.

"장문인께서 의식을 차리시는 시간이 불특정 하고 깨 있는 시간도 분초에 불과합니다. 당분간은 장로들을 제외하고는 출입을 엄금하라는 태사조님의 명이 계셨습니다."

'또 태사조란 말인가?'

백소령은 눈앞에 보이지 않아도 사사건건 자신의 행보에 제동을 거는 태사조란 존재에 대해 차츰 인내심의 한계에 다다르고 있었다.

'차라리 나 하나로 희생을 감수하고서라도……'

백소령의 차가운 눈동자에 독심이 어렸다.

태사조의 허락 없이 하산할 수 있는 길은 단 하나.

무공 전폐를 감수하는 길밖에 없었다.

무공을 잃는 것에 대해 두려움은 없었다. 중요한 것은 연화팔문이 화산파와의 인연과 과거를 깨끗이 청산하고 오롯이 연화팔문의 이름으로 거듭나는 것일 뿐.

그녀가 결단을 내리지 못하는 것은 연화팔문의 모든 기대를 짊어지고 고난의 세월을 버텨온 결과물인 자신이 무용해져 사문에 실망과 슬픔을 주게 될 근심 때문이었다.

하지만 그렇다고 해서 언제 풀려날지도 모를 날을 기다리며 차일피일 세월만 좀먹을 수는 없는 일이었다.

물론 탈문이 그녀 하나만으로 끝나는 것은 아니었다. 연화팔문의 대표로 와서 결정을 내린 만큼 화산파는 연화팔문에도 가차 없는 문규를 집행할 테니까.

하지만 백소령은 연화팔문이 그냥 당하지 않을 것이라고 확신했다.

강호무림에 활동을 하지 않고 웅크린 세월이 수십 년이지만 연화팔문은 결코 약하지 않았다.

연화팔문의 절기인 옥함신공(玉含神功)과 옥녀검(玉女劍)이 세상에 나온 지 기백년이며, 뿌리인 화산파에서 명맥이 끊어지고 절전된 지도 그만큼의 세월이 흘렀다.

백 년의 세월이면 옥함신공이 화산파에서 신공으로 분류된 이유와 옥녀검의 오묘막측함을 알아볼 수 있는 자는 전무하다고 봐야 했다.

설사 화산파라 하더라도 무섭지 않은 것이 연화팔문 전 문도의 생각이었다.

게다가 연화팔문이 백 년의 세월 동안 문 안에서만 웅크리고 있었던 것은 아니다. 그동안 쌓은 명망과 친교를 맺은 곳은 한두 곳이 아니었다.

현재의 빛 좋은 개살구처럼 용천장이나 남도련은 고사하고 같은 부류라 할 수 있는 북검회에서조차 관심을 받지 못하고 고립무원에 처한 화산파와는 비교 자체가 되지 않았다.

'정면충돌하면 승산은 이쪽에 있다.'

백소령은 장담했다. 화산파가 어떤 지경인지는 굳이 살펴볼 필요조차 없었다.

매화검수조차 없는 화산파 따위는 세속적인 무림의 군소방파에 불과할 뿐이기에.

장로들이 건재하지만 연화팔문에도 그에 필적하는 이들이 있었고, 괴물 같은 검신이 있더라도 방법을 강구하면 대적할 방법을 못 찾을 것도 없지 않은가.

뿌드득.

결단의 순간이 왔다는 생각에 백소령이 검을 쥐고 있는 손아귀에 힘을 줬다.

백소령의 발걸음이 빨라졌다.

결단을 내리는 데 있어서 생각은 짧을수록 좋으며 실행은 미루지 말아야 한다는 것이 그녀의 철칙이었다.

그녀가 막 담장이 낮은 도관을 지나칠 때였다.

"뭣들 하느냐! 어서 들어와라!"

카랑카랑한 목소리가 쩌렁쩌렁 울려 퍼졌다.

"사, 사숙님, 감당할 수 없사옵니다."

"사숙조님, 어찌 그런 말씀을."

무심결에 고개를 돌린 그녀의 눈에 백발백염의 노도사가 칼을 흔들며 고리눈을 하고 있는 장면이 눈에 들어왔다.

그런 노도사와 마주한 이들은 이제 갓 이십대가 되었을 법한 청년 도사와 십오륙 세로 보이는 소년 도사였다.

'무슨 일이지?'

백소령이 반사적으로 어느 도관인지 알려주는 처마의 편액을 올려다봤다.

침정궁(沈靜宮).

"……!"

백소령의 표정이 일변하며 다시 백발백염의 노도사를 직시했다.

'침정궁이라면 소림사의 나한당이나 무당파의 진무관과 같은 곳. 그렇다면 저 노인이 화산파 최고수라는 비매절영(飛每絶影) 신응담!'

다시 한 번 노성이 터져 나왔다.

"뭣들 하느냐! 어서 들어오래도!"

"사숙!"

"네놈들이 감히 내 명을 거역할 셈이냐! 이제는 침정궁주의 명 자체가 우스운 게로구나!"

"어, 어찌 그런 말씀을!"

"망극하옵니다, 사숙조님!"

백소령은 노도사가 스스로 침정궁주 신응담임을 말하자 추측이 옳았다는 것을 알았다.

백소령은 발길을 붙들었다.

보아하니 사질과 사손에게 가르침을 베푸려는 모양인데 이후의 일을 생각하면 화산파 최고수라는 자의 실력을 가늠해 보는 것도 나쁘지 않다고 판단했기 때문이다.

"뭣들 하느냐! 네놈들이 정녕 치도곤을 당해야 명을 따를 것이냐!"

다시 한 번 그가 호통을 치자 더 이상은 어쩔 수 없다고 여겼는지 청년 도사와 소년 도사가 어려운 표정을 지으며 검을 뽑아 들었다.

"와라!"

청년, 이대제자들의 맏이인 조세걸은 이제는 동기들보다도 더 붙어서는 삼대제자의 맏이 양소호와 눈빛을 교환하며 고개를 끄덕였다.

"하앗!"

"흡!"

교차하는 기합성이 작렬하며 조세걸이 허공으로 솟구치고 양소호가 정면으로 신응담을 향해 쇄도해 들어갔다.

양손으로 검을 잡은 신응담이 머리 위로 세워 허공과 지상에서 동시에 연수합격으로 쇄도해 오는 둘을 향해 안광을 번뜩였다.

순간 두 손으로 붙든 신응담의 검이 수십 갈래로 늘어나며 검광이 폭출했다.

매화검법상의 절초 향만천지(香滿天地).

카카카카카캉! 콰차창!

대낮인데도 불구하고 검과 검이 충돌하며 눈부신 불꽃이 튀었다.

"크윽?"

"윽!"

조세걸과 양소호가 동시에 신음을 흘리며 튕겨 나갔다.

하지만 조세걸은 처음보다 더 높이, 공중으로 더 높이 떠올랐다가 머리와 발을 거꾸로 한 채 벼락처럼 떨어져 내렸고, 양소호는 충격의 반동을 회선력으로 바꿔 몸의 움직임과 검속이 두 배는 빨라져 신응담의 옆구리를 파고들었다.

이미 한 번 경험했던 신응담은 둘의 그 같은 모습에 노해 부르짖었다.

"교공 따위!"

신응담은 단순히 격검이라고 하기엔 살벌한 기세를 담아 상하고 뼈를 에일 듯한 검풍을 일으키며 베어갔다.

쉬이이이익!

선공은 처음처럼 조세걸과 양소호였지만 한 박자 늦게 손을 쓰는 신응담의 공방일체의 초식은 순식간에 방어로 돌아서게 만들었다.

따— 앙!

카캉!

조세걸은 흡사 전신이 도끼로 찍힌 듯한 둔통을 느끼며 튕겨 나갔다.

하지만 땅바닥으로 추락하기 직전 검끝을 바닥으로 찍었다.

"타핫!"

핑그르르르.

검신이 부러질 듯 휘어졌다가 퉁기듯 일어서자 조세걸의 신형이 와류처럼 돌며 좀 전보다 더욱 빠른 속도와 기세를 담아 다시 신웅담을 향해 날아갔다.

카캉! 까끄끄끄끄끄!

"크윽?"

정면으로 충돌한 양소호는 사숙조인 신웅담의 검력이 해일처럼 덮쳐 오자 이를 악물고 눈을 부릅뜬 채 오히려 사선으로 비껴가며 반 보 더 나아갔다.

'돌아랏!'

양소호는 스스로에게 외치며 양발로 지면을 힘차게 내디뎠다.

차차차차차창!

카캉! 카캉! 카카캉!

'말도 안 돼?'

백소령이 면사를 드리운 방갓을 벗어젖히며 놀란 눈으로 세 사람의 격돌을 바라봤다.

물 흐르듯 거침없이 뿜어져 나오는 신응담의 매화검법은 눈에 들어오지도 않았다.

그녀를 놀라게 한 것은 본적도 없는 공중에서의 연환 검격과, 솜털도 가시지 않은 소년이 펼치는 한 치의 물러섬도 없는 검술이었다.

검기도 없고 살기도 없었지만 셋의 치열한 접전은 매섭기 짝이 없었다.

백소령의 눈이 놀라움을 넘어서 경이로움으로 변해갔다.

공중에서 쉴 새 없이 연환 검격을 쏟아내는 청년은 놀랍게도 반각의 시간이 지나가는 동안에도 단 한 차례도 땅에 발을 딛지 않았다.

신응담의 검과 충돌해 반탄력으로 튀어 오르거나 그도 아니면 추락 직전 검을 지지대 삼아 다시 튀어 올랐다.

소년 또한 마찬가지였다. 물러섬이 없는 정공법으로 자신보다 몇 배분이 높은 고수의 정면 공세를 물러섬 없이 맞받아치면서도 검을 역수로 쥐었다가 바닥을 구르기도 하고 손과 발을 마구잡이로 흔드는 것이 아닐까 싶을 정도로 미친 듯이 검격을 퍼부었다.

하지만 둘의 무서운 점은 다른 데 있었다.

신응담의 공세와 정면으로 충돌할 때마다 검세와 몸의 움직임이 점점 더 빨라진다는 것이다.

마치 한계가 없는 것처럼.

'이, 이 검술은……?'

백소령의 얼굴이 백짓장처럼 하얗게 변했다.

그런 생각은 백소령만의 것이 아니었다.

직접 검을 맞대고 있는 신응담의 눈썹은 사정없이 흔들렸다.

'있을 수 없다! 용납할 수 없다! 이건 화산의 검이 아니다! 아니야!'

신응담은 또다시 전날과 같은 상황이 벌어지자 분노했다.

츠츠츠츠츳

신응담의 어깨에서 희미한 아지랑이가 피어오르며 그의 손에 들린 검에서도 뿌연 빛이 희미하게 물들어갔다.

공력을 끌어올린 것도 모자라 검에도 진기를 싣고 있다는 증거였다.

하지만 이를 악물고 치열하게 초식을 펼치고 있는 조세걸과 양소호는 이를 전혀 눈치채지 못하고 있었다.

"이놈들!"

노성을 터뜨린 신응담이 이제껏 사성 정도에 불과하던 매화검법을 칠성까지 끌어올렸다.

쐐애애애애애액!

촤촤촤촤!

신응담의 몸에서 뿜어져 나오는 기파와 검에 실린 진기에 영향을 받은 조세걸과 양소호의 얼굴색이 창백하게 변해갔다.

쾅!

"으윽!"

신응담의 일검에 내려찍힌 양소호가 목구멍에서 올라오는 비릿한 향을 느끼며 쿵쾅쿵쾅 세 걸음이나 물러섰다.

그 순간 양소호는 검을 쥔 손에서 힘을 뺐다.

'위험하다!'

조세걸은 사숙 신응담의 기세가 변한 것을 본능적으로 느꼈다.

'공중에서 연환검을 쓰는 게 맞긴 하지만 그렇다고 꼭 공중에서 계속 공격할 고집을 부릴 필요는 없어.'

'예?'

'애초 이 검술의 진의가 뭐냐? 정면으로 맞붙으면 감당하기 힘드니까 최대한 거리를 벌리고 안전을 확보하면서 상대를 혼란스럽게 하고 귀찮게 하려는 것이 목적이 아니냐? 그럼 멀리서만 공격할 수 있으면 되겠지? 그다음은 어떻게 공격하든 무슨 상관이야?

염세악의 가르침을 떠올리던 조세걸이 눈을 번뜩였다.

순간 조세걸은 검을 거꾸로 잡고 팔을 활시위처럼 당겼다가 신응담을 향해 맹렬한 기세로 집어던졌다.

깡—!

당연히 신응담은 눈 하나 깜짝하지 않고 날아오던 검을 쳐냈다.

하지만 조세걸은 이를 기다렸다는 듯 공중제비를 돌며 왼쪽 발로 검을 쳐내 다시 한 번 신응담에게로 날려 보냈다.

백소령은 조세걸과 양소호를 보며 전신의 솜털이 곤두설 만큼 소름이 오싹 끼쳐 올랐다.

'어찌 저것이 가능할 수가?

소년의 손을 떠난 검이 신응담을 향해 비수처럼 파고들었다가 튕겨져 나가더니 격공섭물처럼 다시 소년의 손아귀로 빨려 들어갔다.

거기서 끝이 아니었다.

소년의 검은 마치 살아 있는 것처럼 소년의 손짓과 몸짓에 따라 자유자재로 손을 떠나 신응담을 공격하고 다시 소년에게로 돌아오길 반복을 거듭했다.

청년의 검세는 더욱 괴기막측했다.

오직 공중에서만 연환 검세를 쏟아내던 청년이 소년과 마찬가지로 검을 아예 암기처럼 신웅담에게 집어 던지더니 검이 튕겨 나올 때마다 손으로 쳐내고, 발로 차내고, 공처럼 전신을 이용해 미끄러뜨렸다가 어깨로 밀쳐내고, 끝도 없이 검 자체를 신웅담에게 날려 보냈다.

백소령의 굳게 다물린 입술을 비집고 신음이 흘러나왔다.

그리고 깨달았다.

자신이, 아니, 연화팔문 전체가 화산파에 대해서 완전히 오판하고 있었음을.

*　　　　*　　　　*

"허허! 허허허허! 허허허허허허!"

왕심봉은 걷는 내내 머릿속으로 떠오르는 전표 다발을 생각하며 연방 웃음을 터뜨렸다.

평생을 돈에 쪼들려 왔기에 풍족한 금액이 갑자기 떡하니 생겨나자 젊어서 꾸었던 꿈들과 생각만 하고 엄두도 내지 못했던 계획들이 다시금 떠오르며 심장을 두근거리게 했다.

어찌나 들떴는지 한평생 봐온 낡은 도관과 사당들마저 아름답게 보일 지경이었다.

"뭘 그렇게 혼자 실실 웃고 있어?"

"……!"

즐거운 상상에 빠져 있던 왕심봉은 갑자기 들려온 목소리
에 화들짝 놀랐다.

"아! 태사조님!"

왕심봉이 허리를 숙이며 예를 갖추자 염세악이 손사래를
쳤다.

"그놈의 인사는, 됐다."

상상을 멈추긴 했어도 왕심봉의 들뜬 마음은 여전했다.

"태사조님! 모두 태사조님 덕분입니다."

"뜬금없이 뭔 소리냐?"

"본 파의 텅텅 빈 재고에 돈이 부지기수로 쌓인 것 말입니
다."

염세악의 곁에 그림자처럼 붙어 있던 장평이 왕심봉의 말
에 실소를 흘렸다.

그의 마음을 모르는 바는 아니지만 그래도 대화산파의 장
로로서 돈을 가지고 행복에 겨워하는 것은 보기에 좀 민망한
구석이 있었다.

"이제야말로 제가 꿈꿨던 본 파의 발전을 실행에 옮겨볼
수 있을 것 같습니다!"

"발전?"

"예! 태사조님!"

염세악이 물었다.

"그게 뭔데?"

그 말이 왕심봉의 들뜬 기분에 불을 당겼다.

"일단 본 파의 옷부터 싹 바꾸는 겁니다."

"옷?"

염세악의 얼굴이 살짝 찡그려졌다.

"예! 그다음으로 소요정을 비롯해 자운전과 남천관, 북천관, 삼궁을 비롯해 도관을 모두 증축을 해 본 파의 위엄을 다시 세우는 거지요!"

"……."

"이건 시작에 불과합니다! 그다음으론 본산으로 오르는 산길을 싹 밀고 계단을 깔아 향화객들의 발걸음이 끊이지 않도록 하고, 아! 계단은 대리석으로 까는 게 좋을 것 같습니다!"

흥분해 침을 튀겨가며 말하는 왕심봉과 달리 염세악의 시선은 반대로 점점 삐딱해졌다.

장평은 그냥 손으로 얼굴을 덮은 채 왕심봉을 외면해 버렸다.

"그뿐입니까? 남은 돈으로 전부 미곡을 사들여 인근의 어려운 형편을 면치 못하는 민초들에게 베풀면 민심이 우리 화산파로 향할 것이고 그럼 우리 화산파라는 이름은 섬서에 우뚝 설 것입니다. 또 그러면 관부에서도……."

"됐다! 거기까지만 하자!"

한참 흥분해 말하는 왕심봉은 찬물을 끼얹은 듯 중도에 말허리를 자르는 염세악을 의아한 표정으로 쳐다봤다.

"쯧쯧! 으이구!"

염세악은 왕심봉을 한심한 눈으로 쳐다보며 혀를 찼다.

'나이를 똥구멍으로 처먹었나. 어찌 생각하는 게 한 줌도 안 되는지. 하마터면 없던 살림도 거덜 날 뻔했구나.'

염세악은 당최 돈을 어떻게 쓰고, 어떻게 불려야 되는지 전혀 감이 없는 왕심봉을 보며 한숨이 절로 터졌다.

그나마 돈에 대한 개념이 있다는 총림당의 당주씩이나 되는 왕심봉이 이러니 다른 이들은 더 살펴볼 것도 없었다.

'이를 어쩐다? 뭔가 해결했다 싶으면 또 일이 생기니 갈수록 태산이로구나.'

고민거리가 눈덩이처럼 불어나 어째 젊었을 때보다 지금이 더 눈코 뜰 새 없이 바쁘고 부지런해진 느낌에 실로 기가 막힐 노릇이었다.

그렇다고 이대로 흥청망청 돈을 물 쓰듯 가만히 놔둘 수는 없었다.

'하아! 이 녀석을 어찌한다.'

오만상을 찡그리며 고심하던 염세악이 때마침 멀찍이 지나가는 화소옥을 발견했다.

또 무슨 꿍꿍이를 꾸미는 것인지 멀리서 봐도 눈알이 쉴 새

없이 움직이는 것이 훤히 보였다.

'가만?'

염세악은 며칠 전 화소옥과 처음 대면했을 당시를 떠올렸다.

'할아버지~! 보화전장의 화소옥이에요~!'

보화전장이 어딘지는 몰라도 일단은 돈을 굴리는 곳이었다. 그리고 푼돈 좀 내놓으라는 말에 떡하니 금 백 냥 전표를 호기롭게 내놓던 당시의 상황.

"너 일루 와봐!"

염세악이 손짓을 하자 장평과 왕심봉의 고개가 동시에 돌아갔다.

"앗?"

무슨 생각을 하고 있었던 것인지 염세악의 목소리를 들은 화소옥이 화들짝 놀라 뒷걸음질 쳤다.

"튀면 볼기에 불이 날 줄 알아!"

"에잇!"

화소옥이 잔뜩 볼을 부풀리더니 뭐라 뭐라 구시렁대며 팔짱을 끼고서 염세악이 있는 곳으로 다가왔다.

"왜요?"

화소옥은 이미 볼 장 다 본 뒤라 더 이상 염세악에게 아양을 떨 필요가 없다고 느꼈는지 아예 첫마디부터 시비조로 나왔다.

하지만 염세악은 오히려 음흉하기 짝이 없는 미소를 지으며 말했다.

"너 하산하고 싶지?"

"……!"

순간 화소옥의 눈이 동그랗게 변했다.

'흐흐! 반응이 실하구만.'

염세악은 쾌재를 불렀다.

"내가 시키는 대로 하면 돌아가게 해주마."

"그게 뭔데요?"

화소옥은 숨 쉴 틈도 주지 않고 곧 바로 물어왔다. 오히려 염세악을 의심스러운 눈으로 쳐다본 건 장평이었다.

그가 아는 염세악은 결코 자신에게 찍힌 녀석들을 쉽게 풀어줄 만큼 그릇이 넓지 않았기 때문이다.

"별거 없다. 본 파의 살림살이를 좀 피게 하고, 이번에 거둬들인 재물을 좀 불리면 돼."

"뭐라구요?"

화소옥이 염세악의 말을 듣고는 어처구니없다는 표정을 지었다.

"너 집안이 보화전장이라며? 상인이 그 정도도 못해?"

염세악의 말에 화소옥의 고운 이마 위로 불끈 실핏줄이 돋

아났다.

"그걸 지금 말이라고 해요! 이런 찢어지게 가난한 문파를 하루 이틀도 아니고 언제 살림살이를 피게 만들어욧!"

화소옥은 택도 없는 소리에 와락 신경질을 부렸다. 화산파가 얼마나 궁한지는 이미 화소옥의 머리에 치수가 다 나온 상황이었다.

그걸 자신이 무슨 수로 후딱 해치우고 하산한단 말인가.

"거기다, 지금 나 놀리세요? 속가제자들한테 착복한 돈을 다 써도 밑 빠진 독에 물 붓는 격인데 그걸 지금보다 훨씬 더 불리라니! 입으로 말하면 그게 다 말인 줄 알아욧!"

순간 화소옥의 말에 염세악의 눈썹이 꿈틀거렸다.

"뭐? 착복? 할애비한테 혼난다? 그게 왜 착복이야? 네 녀석들이 사문을 능멸하고 속가제자로서 의무를 저버린 배임죄를 저지른 것이지?"

화소옥이 귀를 막으며 빽 하니 소리쳤다.

"아, 몰라요!"

염세악도 지지 않았다.

"싫음 말아라! 나도 아직은 팔팔해서 십 년은 더 살 것 같으니까!"

"……."

화소옥은 속이 부글부글 끓어올랐다.

말인즉슨 자신이 눈에 흙이 들어가기 전까지는 화산에 붙잡아두든지, 그도 아니면 최소 십 년은 붙들어두겠다는 뜻이 질 않은가.

물론 아비인 화중악이 딸을 그렇게 놔두게 하진 않겠지만 천둥벌거숭이 같은 화소옥도 께름칙한 것이 있었다.

워낙 사고를 많이 치고 다녀 은연중 아비가 어떻게든 자신을 옴짝달싹 못하게 하려고 여러 가지를 강구하고 있다는 것이다.

게다가 화산으로 오는 길에 자그마치 금 이백 냥을 꿀꺽한 상황.

어쩌면 십 년까지는 아니더라도 화산에서 보살펴 주겠다는 소리에 얼마간은 얼씨구나 덩실덩실 춤을 출지도 모르는 일이었다.

하지만 화소옥은 하루라도 빨리 하산해야 하는 이유가 따로 있었다.

화산파의 부름이라는 핑계를 대고 집을 나온 진짜 목적.

바로 삼 년의 기한을 잡고 자유롭게 중원 전역을 유람하겠다는 원대한 계획.

이 때문에 화소옥은 화산파에 발이 묶여 몇 년을 허송세월하는 것이나 혹시라도 모를 아비의 꿍꿍이와 염세악의 심통이 합치해 발이 묶이는 것, 둘 중 어느 것 하나도 용납할 수 없었다.

결국 화소옥은 눈을 질끈 감으며 소리쳤다.

"좋아요!"

"그래?"

염세악이 그럴 줄 알았다는 듯 반색했다. 반면 왕심봉은 할 말이 있는 듯했지만 몇 번 입을 벙긋거리다 표정이 꽁해졌다.

화산파의 앞날에 대한 창창한 꿈과 계획에 갑자기 누군가 끼어드는 상황이 되자 기분이 안 좋을 수밖에 없었다.

"대신, 조건이 있어요!"

"조건?"

염세악이 눈썹을 모았다.

"네가 지금 조건 따질 때냐?"

"싫음 마세요. 딱 보니까 한 달 안에 살림살이 거덜 나겠구만 뭐."

염세악은 자신이 부린 어깃장을 그대로 돌려받자 실소하지 않을 수 없었다.

'역시, 상인 집안 자식이라 그런지 머리 돌아가는 것이 영악해.'

"조건이 뭐냐?"

염세악이 묻는 말에 화소옥이 건곤일척의 승부를 벌이기라도 하는 듯 두 눈에 잔뜩 힘을 줬다.

"살림살이 피는 것이야 그렇다쳐도, 재산을 불리라는 말씀은 좀 애매하잖아요? 얼마나 불리라는 것인지 정확하게 계산해 주세요."

"정확하게 계산?"

화소옥의 요구조건은 염세악뿐만 아니라 왕심봉과 장평마저도 머릿속을 복잡하게 만들었다.

그래 봤자 셋의 고민은 고만고만했다.

대체 얼마나 불려야 걱정 없이 먹고사는가, 라는 화두.

'한 두 배면 되지 않을까?'

왕심봉의 생각이었다.

'백 배?'

머릿속에 산처럼 쌓아올린 금산을 떠올린 장평의 생각이었다.

수염을 배배꼬며 화소옥을 눈치를 살피던 염세악이 입을 뗐다.

"한 두……."

"좋아요! 두 배!"

재깍 대답하는 화소옥을 보며 염세악이 손사래를 쳤다.

"아직 말 안 끝났어."

"씨이!"

화소옥이 인상을 팍 썼다.

"한 다섯⋯⋯."

"좋아요! 다섯 배를 말씀하시는 거죠?"

하지만 염세악은 화소옥의 고민하지도 않고 딱 부러지게 대답하는 태도에 다시 고개를 저었다.

"아니야!"

"아, 진짜!"

화소옥의 얼굴에 짜증이 치솟았다.

염세악은 에라 모르겠다는 심정으로 말했다.

"열 배! 열 배로 하자꾸나."

"뭐라구요? 열 배?"

화소옥은 기가 막혔다.

"그걸 어떻게 만들어욧! 열 배가 무슨 애들 장난인 줄 알아욧!"

하지만 염세악은 화소옥의 태도에 오히려 흡족한 표정을 지었다.

'괜찮군. 적당한 모양이야, 흐흐!'

염세악은 시끄럽다는 듯 고개를 돌렸다.

"난 한 번 말한 건 번복하지 않는다. 분명히 말했다. 열 배라고. 하기 싫으면 지금이라도 당장 말해."

"씨이⋯⋯."

화소옥이 입술을 깨물며 염세악을 노려봤다.

하지만 화소옥의 대답은 정해져 있었다.

"좋아요. 하면 되잖아요. 약속은 틀림없이 지키셔야 돼요?"

"그럼! 남아일언 중천금이다!"

염세악이 고개를 끄덕이며 약속을 맹세했다.

하지만 화소옥은 고개를 살랑살랑 흔들며 말했다.

"문서로 남겨주세요."

"뭐?"

염세악이 황당한 표정을 짓는데 화소옥이 왕심봉과 장평을 가리키며 말했다.

"태사조님의 수결도 찍고, 장문인 수결도 찍고, 여기 두 분의 공증도 같이!"

염세악이 알겠다는 뜻을 다른 말로 짧게 뇌까렸다.

"…독한 것."

"우리가 말만 가지고 서로를 믿을 만큼 가까운 사이는 아니잖아요."

얼마 전 자신이 뱉었던 말을 그대로 돌려받았으나 염세악은 외려 입가에 슬쩍 미소가 걸렸다.

제대로 찍었다는 감이 왔기 때문이었다.

第五章

섬서 남단 대파산 지류.

팔비검문(八飛劍門)은 험준한 산세가 동서로 수백 리는 되
는 깊은 산중에 몇 안 되는 길목인 모패관에 자리 잡은 군소
방파다.

규모는 작아도 북검회의 이름을 등에 업고 대파산 일대를
오가는 무림인들에 대한 첩보와 행로를 탐문하는 지위를 부
여받아 그 위세가 가까이 있는 전통의 명문거파인 진령파와
어깨를 나란히 할 정도였다.

입곡삼례(入谷三禮).

곡으로 진입하려면 세 번의 절을 올려라.

산을 넘기 위에 자연스레 생긴 모패관의 길목이었지만 팔비검문이 위세를 떨치면서 문주인 팔황검객(八荒劍客) 설독필은 길목의 초입에 이 같은 비석을 세웠다.

하지만 누구도 감히 이런 팔비검문의 위세에 토를 달지 못했다.

팔비검문이 무섭다기보다는 그 뒤에 있는 북검회란 거악 때문이었다.

"삼… 례?"

남도련 내에서 련주인 야도를 제외하고는 실질적으로 적수가 없는 초인으로 알려진 칠절패도 여양종이 석비를 보며 이마에 험악한 인상을 그렸다.

그의 뒤를 따르던 무리 중 청년 하나가 여양종의 뒤편으로 바짝 붙었다.

다소 차가운 인상에 등 뒤로 커다란 대도를 교차해 동여맨 청년은 남도련의 책사인 명견혜도 사마군의 조카로 이름은 사마홍락이며 섬영도룡(閃影屠龍)이란 별호로 불리는, 남도련 내에서도 발군의 후기지수 중 한명이었다.

"팔비검문에서 세워놓은 것 같습니다."

"팔비검문? 그런 곳도 있었나?"

여양종이 금시초문인 표정으로 묻자 사마홍락이 대답했다.

"개파한 지는 이십 년 정도 됐지만 북검회를 따르고 있는 곳입니다."

"이십 년?"

여양종의 표정에 어이없는 감정의 빛이 스치고 지나갔다.

"제멋대로 북검회니 남도련이니 구분해서 부르더니 이제 는 별 시답잖은 놈들까지 위세를 떠는군."

사마홍락과 그의 뒤를 따르는 일행도 여양종의 말에 공감 하는 듯 같잖다는 투로 석비를 쳐다봤다.

쾅!

여양종이 슬쩍 발끝으로 석비의 아래를 내려치자 장정 둘 이서 합쳐 끌어안아도 손이 닿지 않을 두께의 석비가 산산조 각 나 사방으로 비산했다.

"입곡삼례?"

여양종이 뒤를 돌아보며 말했다.

"지워라."

저마다 다른 도를 패용한 도객들이 여양종의 말에 고개를 까딱거리더니 손에 든 도를 빙글빙글 돌리며 부서진 비석을 넘어 산 위쪽으로 향했다.

여양종이 사마홍락을 힐끗 보며 말했다.

"잔소리꾼인 네 숙부를 대신해 할 말 없느냐?"

사마홍락이 고개를 저었다.

"남도련이 행차했다는 것을 북검회에 알리는 인사로 적당한 상대 같습니다."

"하하하하하하!"

여양종이 앙천광소하며 사마홍락의 어깨를 두드렸다.

"정말 마음에 쏙 드는 말만 하는구나. 네 숙부처럼 명석하면서도 사내대장부다운 뱃심은 네가 훨씬 낫다!"

"과찬이십니다."

으아악!

크악!

고요하던 산기운이 깨지며 끔찍한 비명이 계곡 안쪽으로부터 메아리쳤다.

"하지만 북검회 놈들 따위에게 인사까지 필요할 게 무엇이냐."

사마홍락이 그 말에 계곡 안쪽으로 시선을 돌렸다.

여양종이 말했다.

"살아남는 놈이 있어야 말을 전하든지 말든지 할 것 아니냐?"

해가 뉘엿뉘엿 저물어가는 화산이 지척인 화음현으로 일단의 기마 무리가 먼지 구름을 일으키며 도착했다.

검(劍)이란 글자가 가슴팍에 새겨진 푸른색 무복으로 복장을 통일한 이들, 게다가 그들 모두 허리춤에 붉은 수실이 매달린, 검집이 백옥 같은 새하얀 빛을 띠는 장검을 차고 있었다.

"여기서 하루 이틀 정도 유하겠다."

조각한 듯 선이 얇은 얼굴에 그려 넣은 것 같은 이목구비. 하지만 그럼에도 눈에 확 들어오는 강인한 턱 선과 정광이 가득한 외모는 무리 중에서도 군계일학으로 빛을 발했다.

저마다 장검을 손에 든 모습과 달리 청년의 존재가 특별하다는 것을 구별해 주듯 손에 든 날렵한 장검에 더해 등 뒤에 양손으로 휘두르는 검신이 두툼한 한 자루 고검이 매여 있었다.

한눈에도 귀태가 넘치는 데다 눈길마저 깊고 그윽해 함부로 범접하지 못할 분위기를 풍기는 청년의 앞으로 백의 무복에 인중을 멋들어지게 덮은 묵직한 인상의 검객이 다가와 공손한 태도로 말했다.

"화산이 바로 코앞인데 굳이 이곳에서 번거롭게 유할 필요가 있겠습니까? 힘드시더라도 조금만 더 길을 재촉해 화산파에서 여장을 푸시지요."

청년이 고개를 저었다.

"힘들지는 않다. 다만, 배첩도 아직 보내지 않은 데다 해가 저물어가고 있는 상황에서 방문을 청하는 것은 예가 아니기 때문이다."

청년의 말에 공손히 아뢰던 검객의 표정이 굳어지고 그의
뒤에 있던 무리의 표정은 아예 보기 싫을 정도로 인상을 구겼
다.

"그런 불편을 감수할 이유가 있겠습니까? 그리고 청이라니
요? 화산파 따위에게 어찌 우리 북검회가……."

검객이 말하다 말고 움찔해 입을 다물었다.

청년의 표정이 차갑게 변하며 눈동자에 살짝 노기가 스며
나왔기 때문이다.

천룡검 장강옥.

청년의 이름이었으며 천하무림이 그를 가리켜 경외심을
담아 부르는 별호다.

한천 연경산의 손에 의해 무림맹이 와해된 후, 천하제일세
가 된 용천장에 대항하고자 무림의 검파들을 규합해 북검회
를 만들었다.

그 북검회를 만든 무림삼성 중 검성의 제자이자 공인된 북
검회의 후계자로 명성이 쟁쟁한 당대 최고의 후기지수가 바
로 청년 장강옥의 신분인 것이다.

장강옥과 마주하고 대화를 나누고 있는 젊은 검객은 그를
선망하며 따르는 이들 중 손에 꼽을 정도로 뛰어난 자로 장강
옥이 직접 현무검주로 봉한 조천상이란 자다.

장강옥의 곁에는 항상 그림자처럼 따라다니며 그를 보필하는 사대검주가 있는데 각각 청룡, 백호, 주작, 현무의 이름을 따 검주라는 직책으로 불렸다.

　이들은 하나하나가 전통의 육대문파에 속한 장문제자나 일성의 패자인 세가의 후계자들을 훌쩍 뛰어넘는 무서운 경지의 검객이었다.

　장강옥이 엄정한 표정으로 말했다.

　"북검회는 힘을 과시하기 위해 야합한 무림의 방파가 아니다. 벼는 익을수록 고개를 숙인다 하였거늘 어찌 검의 길을 걷는 자로서 검파의 명문이자 도문의 조종인 화산파에 대한 예를 모르는가."

　실로 정인군자이자 협객의 표상과도 같은 장강옥의 일침이었다.

　현무검주 조천상이 고개를 숙여 보인 뒤 뒤쪽의 일행을 향해 고개를 돌렸다.

　"십 보 뒤로 물러나라."

　그러자 기마 무리가 일제히 고개를 숙인 뒤 침묵을 유지하며 말을 몰아 뒤쪽으로 물러났다.

　조천상은 송구한 표정을 지으면서도 수하들을 멀찌감치 물린 뒤 장강옥의 시선과 마주하며 말했다.

　"공자의 말씀이 옳습니다. 하지만 겸손이란 것은 양날의 검과 같습니다. 공자께선 북검회를 대표해 사자로서 화산파를 방문하는 것입니다."

"……?"

"이는 곧 검성 어른을 대신하는 것이니, 공자께서 옮기시는 걸음은 검성 어른의 걸음이요, 공자께서 말씀하시는 것 또한 검성 어른께서 말씀하시는 것과 같습니다."

장강옥은 자신의 의견에 반박하는 말인 줄을 알면서도 조천상의 말을 제지하지 않고 묵묵히 들었다.

"북검회와 나아가 강호무림에까지 공자의 중망이 따르는 것은 평소 몸에 밴 공자의 겸손함이 분명합니다. 하지만 검성 어른을 대표해 북검회의 사자로 오신 공자가 지나치게 겸손함을 보인다면 검성 어른과 북검회의 체면에 흠집을 내는 결과를 가져올 수 있으며 자칫 화산파가 검성 어른을 아래로 보는 시선이 생길 수 있습니다."

"으음."

장강옥이 그 말이 침음했다. 그의 말이 틀리진 않았기 때문이다.

"북검회에는 화산파만 있는 것이 아닙니다. 만약 속이 좁은 소인배들이 이에 대해 왈가왈부 입을 옮긴다면 본 회에 있지도 않았던 불만이 생기지 않는단 보장이 없지 않겠습니까? 이는 자칫 분란으로 이어질 소지가 다분합니다."

조천상의 말에 장강옥의 송충이 같은 눈썹이 꿈틀거렸다. 다소 침소봉대 하는 부분이 있긴 했지만 분란이란 말이 걸리는 것은 어쩔 수 없었다.

"검성 어른께서 항시 말씀하셨듯이 무림이 평화로울 수 있는 것은 강력한 힘에 의해 질서가 바로 잡혀야 분란의 싹을 자르고 억누를 수 있기 때문입니다."

"……."

"겸손도 좋지만 위계를 분명히 하여 선을 긋는 것도 때로는 필요한 법입니다."

장강옥이 고개를 끄덕였다.

조천상은 결례를 무릅쓰고 한 말이라 조심스러운 느낌도 있었는데 장강옥이 자신의 의견을 순순히 수긍해 주자 다행스러움을 느꼈다.

"그대의 말이 옳다. 내가 미처 생각하지 못한 부분이기도 하니까."

"송구합니다."

조천상이 고개를 조아렸다.

"하지만 내 결정에 변함은 없다."

"예?"

조천상이 표정이 당황스러움으로 물들었다.

"시각이 늦어 적당한 시각에 화산파를 찾아가겠다는 것은

예법을 논한 것이지 위계와는 아무런 상관이 없다. 그것은 스
승님이나 본 회의 체면이란 것에 관련해서도 마찬가지다."

"공자, 하오나……."

"또한, 검신 한호는 백 년 전의 기인이다. 배분으로 치자면
스승님보다도 한참 위의 분이신데 만일 우리가 북검회의 이
름을 앞세워 화산파를 업신여기고 안하무인으로 행동한다면
오직 힘만을 숭상하며 세를 탐하는 남도련과 무슨 차이가 있
겠느냐."

"그……."

조천상은 장강옥의 지적에 무어라 말하려다가 그만 말문
이 막히고 말았다.

장강옥이 말했다.

"오늘은 이곳에서 여독을 풀고, 내일 일찍 인편으로 화산
파에 정식으로 배첩을 보내도록. 그런 후에 우리 북검회는 화
산파를 방문할 것이다."

조천상도 더 이상은 고집을 부리지 않고 고개를 숙였다.

"…명을 받드옵니다."

*　　　*　　　*

밤이 깊어가는 시각 정풍곡 안쪽에서 두런두런한 음성이

들려왔다.

"너 또 왔냐?"

"제가 오고 싶어서 오는 건가요? 태사조께서 시키니까 어쩔 수 없이 이 고생이죠."

"자꾸 빙빙 겉돌지 말고 아이들과 정을 붙여봐라. 언제까지 그러고 살 참이냐?"

"……."

"거 왜, 쓸데없는 소릴 하고 그러나? 됐다, 평아. 방금 전 말은 마음에 둘 것 없다."

"아닙니다. 마음에 두긴요."

장평이 헤벌죽 웃으며 새 의복들을 꺼내놓은 후 일대제자들의 더럽고 해어진 옷을 다시 둘둘 싸맸다.

봉우리와 계곡 몇 개를 지나 산등성이를 타고 한참을 달려야 도달할 수 있는 정풍곡을 오가는 일이 결코 쉬운 일은 아닐 터, 하지만 장평은 올 때마다 힘든 기색 한 번 내비치지 않았다.

"그래도 태사조께서 네게 잘해주는가 보구나."

"예?"

장평이 무슨 뚱딴지같은 소리냐는 듯 인상을 구겼다.

"매번 태사조께서 네게만 이렇게 심부름을 보내는 것도 그렇고, 네가 수다를 떠는 얘기 중 거의가 태사조와 함께 일과를 보내는 이야기뿐이니 하는 말이다."

장평이 펄쩍 뛰었다.

"그런 말씀 마십시오! 잘해주긴요. 하는 일도 없이 쓸데없는 데다 힘을 빼고 다닌다면서 그냥 제가 만만하니까 무료하시다고 절 달고 다니시는 것뿐입니다."

일대제자들이 장평의 반응에 피식 웃었다.

"태사조님이 귀가 얼마나 밝은 줄 모르는가 보구나? 너 그러다 태사조님께 찍힌다?"

"헉?"

장평이 그 말에 깜짝 놀라 반사적으로 주변을 두리번거렸다.

"하하! 저놈도 태사조님이 무섭긴 무서운가 보오."

"사제는 잘도 웃는구나. 우리도 어디 남 말할 처지는 아닐 텐데?"

"……."

반운산이 어스름한 달을 위치를 가늠하며 장평에게 다가왔다.

"시간이 많이 늦었구나. 그만 가봐."

"예, 사숙."

장평이 고개를 숙이며 대답하는 말에 눈살을 찌푸렸다.

"내가 몇 번이나 말했느냐? 우리끼리 있을 때는 사형이라 부르라니까."

장평은 씁쓸한 웃음을 지으며 고개를 흔들었다.

딱히 대꾸할 말을 찾지 못하는 장평을 보며 반운산도 더 이상 나무랄 수가 없었다.

더구나 곧 태사조가 올 시간이었다.

또다시 시작될 기나긴 밤을 준비하는 것만으로도 일대제자 모두 충분히 버거운 때였다.

그 즈음 기척도 없이 들려온 목소리.

"밥 먹냐?"

예의고 뭐고 저마다 아무렇게나 널브러져 휴식을 취하던 일대제자들이 퉁기듯 벌떡 일어섰다.

장평 뒤쪽에서 불쑥 솟아난 태사조 염세악 때문이었다.

"태사조님!"

"태사……."

"한 놈만 인사해, 이놈들아."

염세악이 오만상 인상을 찡그리며 귀찮다는 듯 소매를 내저었다.

그때 장평이 부리나케 짐을 챙기더니 벌떡 일어섰다.

"그럼 전 이만 가보겠습니다."

염세악이 멀뚱히 쳐다보는데도 장평은 고개만 넙죽 조아리고 부리나케 정풍곡을 빠져나갔다.

"저놈이 왜 저래?"

염세악이 의아한 표정을 지었다.

요즘은 매일같이 붙어 다니는 통에 장평이 호기심이라면 사족을 못 쓰는 종자임은 벌써 눈치챈 염세악이다.

태사조란 이름 앞에서도 주눅 들지 않고 제 궁금증을 채우느라 밉살맞은 짓을 잔뜩 하는 놈인데 지금 보니 또 그렇지도 않은 것 같았다.

'이녀석들이 어떤 수련을 하고 있는 것인지 꼬치꼬치 캐물으며 내쫓아도 엉겨 붙을 줄 알았더니만.'

염세악은 깊이 생각하지 않고 바로 오늘을 마무리해야 할 용무로 넘어갔다.

"오늘 누구 차례냐?"

"흡!"

"켁!"

몇몇이 사례가 걸린 듯 기침을 터뜨렸다.

"제 차렙니다, 태사조님."

윤기가 단단히 각오를 다진 표정으로 앞으로 걸어 나왔다. 동시에 다른 일대제자들은 윤기를 측은한 표정으로 바라보면서도 한편으론 안도의 한숨을 내쉬었다.

어쨌든 자신 차례는 아니니 오늘은 무사히 넘겼다는 표정이었다.

'요것들 봐라?'

염세악은 그런 그들의 표정을 보며 괜스레 심술이 났다.

이유는 없었다.

그냥 마음에 들지 않는 것일 뿐.

"오늘부터는 좀 다른 방식으로 하자."

"……?"

염세악의 뜬금없는 말에 윤기나 차례가 오지 않은 사형제
들이 의아한 표정을 지었다.

"어디 보자……."

염세악이 턱 밑을 매만지며 잠시 생각하는 눈치더니 손뼉
을 쳤다.

"두 놈 더 나와."

"……!"

"오늘부터는 셋씩 상대해 주마."

갑작스런 사태에 모두가 입이 쩍 벌어졌다.

염세악이 손을 들어 윤기의 뒤쪽에 서 있던 일대제자 중 둘
을 손가락으로 가리켰다.

"너하고 너."

지목을 당한 양연덕과 정헌이 날벼락을 맞은 듯 안색이 누
렇게 떠버렸다.

숫제 도살장으로 끌려가는 듯한 표정을 짓는 둘을 향해 송

자건이 힘을 내라는 듯 조언했다.

"그래도 혼자보다는 셋이 낫다."

"……."

둘에겐 전혀 위안이 되지 않는 공허한 말일 따름이었다.

반운산이 말했다.

"목검으로 상대하면 됩니다. 혼자서 상대할 때도 검술에 틈을 보이시지 않습니까?"

"……."

그나마 현실적인 충고였다.

하지만 송자건과 반운산이 속삭이는 것을 똑똑히 들은 염세악이 피식 웃었다.

"한 가지 미리 알려주마."

"……?"

염세악은 일대제자들을 향해 오른손을 앞으로 내밀어 엄지와 검지를 모아 살짝, 아주 살짝 틈을 벌렸다.

"이 정도다. 지금껏 너희들을 상대로 내가 힘을 쓴 정도를 예로 들자면."

윤기와 정헌, 양연덕이 그 말에 그나마 얼굴에 남아 있던 혈색마저 하얗게 탈색됐다.

"뭐해? 빨랑 오지 않고?"

셋은 염세악이 숲 쪽으로 걸어가며 손짓하는 모습을 보며 흡사 저승사자가 부르는 듯한 느낌에 모골이 다 송연해졌다.

염세악이 정풍곡을 벗어났을 때는 여명이 어스름하게 밝아올 무렵이었다.

매화검수들의 진경이 하루가 다르게 변하는 것이 느껴져 염세악의 얼굴에도 흡족함이 가득했다.

게다가 이대로 조금만 더 몰아치면 조만간 누군가 벽을 깨고 뾰족 튀어나올 것이 틀림없었다.

뭐든지 하나가 어렵지 그다음은 일사천리라는 것을 잘 알기에 염세악도 큰 시름 하나를 덜어낸 기분이었다.

여하튼 그런 가벼운 마음으로 돌아오던 염세악의 눈에 살짝 이채가 감돌았다.

'저놈 저기서 뭐해?'

장평이었다.

지붕에 구멍이 숭숭 뚫린 허름한 건물 한쪽에 자고 있는 장평.

건초 더미 위에서 여기저기 몸뚱이를 벅벅 긁으며 자고 있는 그 모습이 염세악의 눈썹을 살짝 일그러지게 만들었다.

얼핏 듣기로 오래전에 축사로 지어졌다는 건물이었다.

도관에 축사가 무슨 개 풀 뜯어 먹는 소린가 싶었지만, 아주 예전 화산이 좋았던 시절에는 그마저도 필요했다고 들었다.

고관대작들까지 하루가 멀다 하고 찾아오던 시절에 어쩔 수 없이 만들어졌다는 축사는 지금의 화산파만큼이나 볼품없이 변해 흉물처럼 버려진 신세였다.

그리고 그 안에 쪼그려 자고 있는 장평의 모습이 염세악의 신경을 건드렸다.

그렇다고 염세악의 성질머리에 자는 놈을 깨워서까지 처소로 돌아가 자려무나, 라고 손발이 오그라드는 친절을 베풀리가 만무했다.

"쯧, 고놈. 잠버릇도 고약한 모양일세!"

아침이 되자 장평이 해실거리며 나타나 염세악에게 따라 붙었다.

"태사조님! 오늘은 어딜 먼저……?"

염세악이 뚱하니 장평을 쳐다보다 툭 하고 말을 내던졌다.

"넌 왜 아직까지 내 옆에서 얼쩡거려?"

"네엣?"

"왜 매일 할 일 없이 빈둥거리며 내 뒤만 졸졸 따라다니냐고?"

장평으로선 황당하기 짝이 없는 말이었다.

무공 창안을 위해 불철주야 일로매진하던 자신을 요 몇 달

종자처럼 부린 것이 누군데, 이제와 이런 말인가 싶었다.

그렇다고 그 성정을 너무나 잘 아는 태사조에게 감히 불만을 표할 수는 없는 노릇.

"그거야, 태사조님을 보필하고자……."

"필요 없어."

"예?"

"일 없으니까 네 볼일 봐."

염세악이 장평만 내버려 두고 휘적휘적 사라져 버리자 장평은 멍한 표정이 될 수밖에 없었다.

한참을 그러고 서 있던 장평의 어깨가 축 늘어진 채 터덜터덜 어딘가로 향하기 시작했다.

아침나절부터 염세악은 무척 바지런을 떨었다.

병석에 누운 진무에게 들른 후 청아원 아이들의 성취를 살피고, 다시 이대와 삼대가 한데 모여 수련에 매진하는 모습을 흡족한 모습으로 지켜본 뒤 왕심봉을 만나기 위해 총림당으로 발걸음을 옮기는 중이었다.

그러다 문득 염세악의 발걸음이 멎었다.

'저놈이 또?'

총림당 옆 북천관으로 향하는 산길 한편에서 다시 장평을 본 것이다.

장평은 그곳에서 혼자 연신 주먹질을 해대고 있었다.

처음 봤을 때처럼 너무나 한심하게도 한 손으론 매화산수를 또 한 손으론 무영수를 펼치겠다고 엉성한 몸짓을 반복하고 있는 것이다.

"쯧, 당최 말귀를 못 알아먹누!"

염세악은 고개를 절레절레 저으며 혀까지 찼다.

안 된다고 따끔히 일러준 것을 아직까지 붙잡고 매달리는 것이니 더는 간섭하고 싶지 않았다.

"미련하면 손발이 고생이야, 손발이……."

장평을 외면한 채 다시 총림당으로 향하던 염세악이 문득 걸음을 멈추더니 고개를 갸웃했다.

'그러고 보니 저놈 처음 봤을 때도 저기 있었는데…….'

그때야 화산 내부 사정에 전혀 감이 없을 때였지만 지금 보니 참 이상했다.

장평이 이대제자인 건 분명한 것 같은데 왜 외진 곳에 혼자 있는지 잘 이해가 되지 않았다.

마땅히 이대제자가 함께 수련하는 곳으로 와서 무공을 연마해야 했고 무단으로 빠졌다면 경을 쳐도 벌써 쳤어야 할 일이었다.

뒤늦게 기억을 반추해 보니 누구하나 장평에게 뭐라 그러는 걸 본 적이 없었음을 깨달았다.

물론 염세악이 심심하기도 하고 귀찮은 잔심부름을 시키려 끼고 다니긴 했지만 그렇다고 하루 종일 끼고 돈 건 아니었다.

"읏차!"

장평이 옷을 털며 무르팍을 짚고 일어서자 염세악이 기척을 죽이며 몸을 숨겼다.

'저놈이 지금 어딜 가?'

호기심이 동한 염세악은 멀찌감치 뒤따르며 장평을 지켜봤다.

콧노래를 흥얼거리며 걷는 장평은 시전의 왈패들마냥 어깨를 굼실거리며 휘파람을 불어댔다.

'팔자가 늘어졌구만, 늘어졌어. 저놈을 어쩌누. 쯧쯧!'

장평이 간 곳은 화산파 제자들이 함께 모여 식사를 하는 배식장이었다.

"음?"

염세악이 힐끔 하늘에 떠 있는 태양의 위치를 확인했다.

점심 식사 시간이 끝난 지 한 시진이 훨씬 지난 시각이었다.

'저놈이 뭘 하다 이제사 밥을……?'

그때 염세악의 시야에 다소 이상하다면 이상할 만한 장면이 들어왔다.

장평이 배식장에 들어서자 이대제자 표심강이 고개를 꾸벅 하더니 미리 무명천으로 덮어놓은 밥과 반찬을 내놓았다.

"매번, 고마워."

"아닙니다. 사… 크흠!"

밥반찬을 쟁반에 받쳐 들고 멀어져 가는 장평을 보며 염세악의 고개가 삐딱하게 기울어졌다.

'장평이 늦게 올 줄 알고 미리 준비해 놨다?'

그럴 수도 있는 일이었다. 도문인 화산파가 절제된 삶을 살아야 하니 규율이 엄격하긴 해도 사람 사는 곳이 다 똑같으니 좀 늦게 먹는 게 이상하다고 여길 건 없었다.

하지만.

'조세걸이 이대제자의 대사형이고, 저 표심강이란 녀석은 둘째라고 하지 않았던가?'

그런데 표심강이 장평을 대하는 태도가 너무 공손했다.

장평의 나이가 서른에 가까워도 엄연히 문파의 항렬이 있고 그 관계는 엄정해야 하는 것이 당연한 이치.

게다가 장평은 족히 기백이 앉아도 남을 배식장의 텅텅 빈 곳을 두고 먹을 것을 들고 밖으로 나가 버렸다.

'문제가 있군.'

염세악은 장평이 배식장에서 멀지 않은 구석진 곳에서 밥을 떠먹는 것을 보며 눈썹을 모았다.

간혹, 이대나 삼대제자들이 장평을 지나칠 때도 있었는데 다들 어정쩡하고 어색한 태도로 고개를 숙여 보인 후 한결같이 발걸음을 빨리해 멀어져 갔다.

'흐음―'

고개를 갸웃거리던 염세악이 더 이상 장평을 지켜보지 않고 발길을 돌렸다.

궁금하면 물어보면 될 일, 쓸데없는 일에 고민하고 주저하는 것은 염세악과는 거리가 먼 일이었다.

"왕가야!"

바쁜 걸음으로 나타나 총림당을 쩌렁쩌렁 울리게 하는 염세악의 목소리에 왕심봉이 깜짝 놀라 벌떡 일어섰다.

"태사조님! 어쩐 일로…….."

"장평이란 놈 있잖느냐?"

"예? 장평이 무슨 사고라도……?"

왕심봉이 의아한 얼굴로 염세악을 쳐다봤다.

"아니, 그게 아니라. 그 녀석 이대제자가 맞지?"

"예, 태사조님. 그렇습니다만……?"

"그놈 말이다. 왜 혼자 저리 궁상이누?"

"예?"

"아니, 이대제자란 놈이 지 사형제들과 떨어져서 저리 혼자 다니느냔 말이다. 따돌림 당할 정도로 모난 놈은 아닌 것

처럼 보이는데?'

염세악의 물음에 왕심봉의 당황한 낯빛이 급격히 굳어졌다.

그걸 모를 리 없는 염세악이다.

'확실히 뭔가 있는데……?'

한데 왕심봉이 전혀 예기치 못한 행동을 했다.

총림당을 향해 걸어오는 화소옥을 보며 반색하며 소리치는 것이다.

"소옥아! 부탁한 서류들, 여기 있다!"

책상에 어지럽게 놓인 종잇장들을 한데 움켜쥔 뒤 왕심봉이 염세악에게 고개를 꾸벅하더니 냅다 화소옥을 향해 달려갔다.

"제가 급한 일이 있어서… 장평의 일이라면 아무래도 대장로에게 물으시는 것이……."

고개도 돌리지 않고 어영부영하는 왕심봉의 태도에 염세악의 표정이 떨떠름해졌다.

"요것들 봐라?"

염세악은 대장로 손괴를 만나는 대신 평소보다 일찍 정풍곡을 찾았다.

지난밤 수련에 기진맥진한 터라 움직일 여력도 남지 않은 일대제자들은 사색이 된 얼굴로 염세악의 느닷없는 방문을 맞이했다.

해가 기울기도 전 나타난 염세악을 보며 오만 가지 생각을 할 수밖에 없는 일대제자들이었다.

한데 염세악의 입에서 흘러나온 말은 누구도 예상치 못한 말이었다.

"장평이 놈에 대해 썰어봐라."

"……!"

"그놈 어떻게 된 거야?"

멀뚱거리는 눈으로 서로를 쳐다보는 일대제자들.

잠시 그들의 표정이 각양각색으로 변해갔다.

누군가는 표정이 눈에 띄게 긴장하고 누군가는 당혹한 표정을 지었으며 누군가는 입을 뗐다 다물기를 반복하며 갈등 어린 표정을 지었다.

염세악이 물끄러미 그들을 바라보다가 땅바닥에 주저앉았다.

"다들 앉아봐."

송자건 등은 굳게 입을 다문 채 그대로 따랐다.

염세악은 이대로 있어봐야 얘기가 쉽게 나올 것 같지 않아 아예 콕 집었다.

"너. 그리고 너."

염세악이 지목한 이는 대제자 송자건과 반운산이었다.

"니들이 얘기해 봐라."

송자건과 반운산이 동시에 서로를 쳐다봤다.

"제가 먼저 말씀드리겠습니다."

송자건이었다.

염세악은 재촉하지 않고 고개만 끄덕였다.

"장평의 사연을 말하자면 먼저 녀석의 스승이시던 기 사숙부터 말씀을 드려야 할 것 같습니다."

"스승? 그 녀석에게 따로 스승이 있어?"

염세악은 생각지도 못한 이야기에 초장부터 놀라지 않을 수 없었다.

"정확히 말씀드리면 기 사숙은 현재 본 파에 계시지 않습니다."

"……?"

무슨 뜻이냐는 얼굴로 염세악이 송자건을 쳐다봤다.

애써 잊고자 했고 누구도 언급하지 않았던, 암묵적으로 금기시 하며 덮어놓았던 과거의 사건 탓에 사연을 전하는 송자건보다 곁에 있는 반운산이 오히려 더 긴장한 표정을 감추질 못했다.

송자건이 말했다.

"기 사숙은 본 파에서 축출되셨습니다."

"……!"

이번에는 염세악의 낯빛이 돌덩이처럼 굳어져 버렸다.

'축출'이란 말은 항상 매사에 심드렁한 염세악마저도 정색할 정도로 무서운 말이었다.

입안의 침이 바짝 마른 듯 송자건의 목소리가 갈라져 나왔다.

"기 사숙은 장로님들의 항렬 중에서도 타의 추종을 불허할 정도로 뛰어난 분이라고 하셨습니다. 갓난아이 때부터 본 파에서 길러진 기 사숙은 하나를 가르치면 열을 깨우칠 정도로 뛰어나셨고 제 스승님께서 말씀하시길 나이 십육 세에 동기 중에서 적수가 없었으며 침정궁의 신 사숙조차도 십초지적이 되지 못했다고 합니다."

"십초지적?"

당대 화산파 최고수라고 평가 받는 신응담이 장평의 스승에게 십초지적이 되지 못했다는 건 염세악에겐 신선한 충격이었다.

신응담이 아둔하고 고집불통이긴 하지만 실력은 분명히 진짜배기였기 때문이다.

과거의 일이니 부풀려진 것이라 여길 수도 있지만 송자건은 제 스승의 입을 빌려 말했다.

송자건의 스승은 화산파 대장로인 손괴가 아닌가.

대장로씩이나 되는 자가 제자에게 헛소리를 지껄였을 리가 만무하다.

"그리고 기 사숙은 무재(武才)보다 도기(道器)로서의 재목이 더 컸다고 합니다. 지금은 그 기록이 청부에서 지워졌지만 약관의 나이에는 옥녀봉에서 명상에 잠겨 있다가 삼청의 가호를 받는 신이한 경험까지 하셨다고 합니다."

"……."

송자건이 말한 일화로만 따지면 가히 한 시절을 떨어 울렸을 신화적인 인물이었다.

하지만 염세악의 표정은 오히려 안 좋게 변했다.

장평의 스승이란 자의 범상치 않은 과거를 들으면 들을수록 그 끝에 큰 사달이 있었음을 짐작할 수 있었기 때문이었다.

"재주가 뛰어나셨던 만큼 도에 대한 수양과 무예 수련을 임하는데 있어서 그 정진함이 실로 지나치다 할 만큼 맹렬했다 들었습니다."

송자건의 목소리가 음울하게 변했다. 이를 느낀 반운산이 송자건의 어깨를 어루만지며 대신 말을 이었다.

"저희도 대부분이 어린 시절에 기 사숙의 그런 모습을 기억하고 있습니다. 그분은 정말이지 가까이 대하기 어려운 분이었습니다."

반운산이 과거의 기억을 떠올리며 고개를 설레설레 흔들

었다.

"성격도 매우 차가우셨을 뿐만 아니라, 몇 년을 보면서도 목소리 한 번 들어본 적이 없었으니까요. 게다가 집착을 넘어선 광기에 가까운 그 눈빛은 아직도 잊히질 않습니다."

비단 그런 기억은 반운산만이 간직하고 있지 않았다. 그의 말에 공감하듯 일대제자들이 하나같이 고개를 끄덕이며 먼 과거의 일임에도 살짝 두려움 비슷한 표정을 지을 정도였다.

염세악이 이상하다는 듯 말했다.

"그런 녀석이 어찌 제자는 받아들였느냐?"

"……."

장평의 얘기가 나오자 반운산의 낯빛이 어둡게 변했다.

"저희가 화산파의 문하로 들어와 수련 기간을 거친 후 여러 사백과 사숙이 적전제자로 지목해 거두실 때도 기 사숙은 아예 관심도 두질 않았다고 합니다."

염세악이 고개를 끄덕였다.

"그렇겠지. 그 정도로 무공에 미쳐 살았다면 제자를 키울 생각 따위는 애초 하지도 않았을 테니까."

"당시 그 일로 전대 장로들께서도 크게 진노하셨고 이에 어쩔 수 없이 지금의 대장로인 대사백과 현 장문인께서 장평을 데리고 와서 반 강제로 기 사숙에게 맡겨 사승을 잇게 했습니다."

"진무가?"

"예, 태사조님."

염세악은 갑자기 장진무가 언급되자 눈을 치떴다.

잠시 생각해 보니 그럴 수도 있겠다 싶었다.

'아니, 당연하다고 봐야 하나?

대장로 손괴가 있음에도 불구하고 젊은 나이에 일찍이 화산파의 장문인이 된 진무다. 그런 걸 감안하면 당시 무슨 일이 닥쳤든 솔선수범할 자리에 있었다는 것을 어렵지 않게 추측할 수 있었다.

"당시 장문인께선 일부러 머리가 여물지 않은 갓난아이를 들였습니다."

염세악이 고개를 끄덕였다.

"그렇겠지. 저 혼자 밥숟가락 들고, 알아서 똥 싸고 다 하면 그 기가라는 녀석이 아예 제자라는 존재에 대해 신경을 끊을 소지가 다분했을 테니까. 돌보지 않으면 살 수 없는 갓난아이를 붙여 정을 붙이게도 하고 제자를 키우는 맛도 주려던 계산도 있었겠지."

송자건 이하 일대제자들은 염세악이 그저 단편적인 하나의 내용만을 듣고도 내막을 바로 간파하자 그 지혜로움에 감탄한 눈으로 쳐다봤다.

"하지만 대장로와 장문인의 예상과 달리 기 사숙은 어린 장평을 전혀 돌보지 않았습니다."

반운산의 말에 여기저기서 짙은 한숨이 흘러나왔다.

"보다 못한 사백과 사숙들이 어쩔 수 없이 갓난아기인 장평을 돌아가면서 살폈고, 저희도 어린 시절 순번을 만들어 장평을 업고 다녔습니다."

"……."

반운산과 일대제자들을 바라보는 염세악의 눈빛이 애잔해졌다.

스승에게조차 사랑을 받지 못한 장평이 가여워서였고, 그런 장평을 머리에 피도 안 마른 녀석들이 돌아가며 업어 키웠다는 말에 애달픈 마음이 솟구쳤기 때문이다.

"그러다 일이 벌어졌습니다."

송자건이었다.

"스승님은 그 맹렬함이 지나칠 정도로 과한 것이 화근이 되었다고 했습니다."

"무슨 일이 있었기에?"

염세악의 물음에 송자건이 경직된 얼굴로 말했다.

"본 파의 매화검법을 좌도(左道)에 빠뜨렸기 때문입니다."

"……!"

염세악의 표정이 굳어졌다.

"스승님께선 기 사숙이 힘에 대한 과도한 집착이 광기로 변질되면서 심마에 빠진 것 같다고 했습니다."

좌도란 도가현문의 수양하는 자들이 점잖게 부르는 말이
었다.

바깥세상에선 그것을 가리켜 보다 직설적으로 부른다.

사도(邪道).

정도가 아닌 사악함.

"당시, 기 사숙은… 정말 무서웠습니다."

악몽을 떠올린 것처럼 송자건의 목소리가 부르르 떨려 나
왔다.

당시의 어떤 상황을 모두 목격한 것인지 다른 일대제자들
의 표정도 별반 다르지 않았다.

"그때의 기 사숙은 눈을 마주치지 않아도 가까이만 있어도
숨이 옥죄이는 고통을 느꼈고, 검을 뽑아 들자 소름끼치는 살
기가 화산의 정기를 뒤덮을 정도였습니다. 거기다 기 사숙의
매화검법은 요사한 귀곡성까지 흘려내는 실로 공포스럽고 사
악한 검으로 변해 있었습니다."

염세악은 송자건이 어릴 적 보고 느낀 표현만으로도 장평
의 스승이 돌이킬 수 없는 심마에 빠졌다는 것을 충분히 느낄
수 있었다.

마공 중의 마공인 천살마공을 익힌 염세악이 아닌가.

사악함에 빠져든 자가 어떤 현상을 보이는지는 염세악만
큼 잘 아는 이도 드물었다.

"당시 기 사숙의 상태를 본 본 파의 문도들은 경악해 마지 않았습니다. 전대 장문인과 장로들께서 모두 달려들어 간신히 제압했어야 할 정도로 기 사숙의 검은 무서웠었습니다."

염세악이 신음했다.

"…피해가 …컸느냐?"

장평을 생각해서인지 염세악의 목소리가 가닥가닥 끊어져 나왔다.

당시 장문인과 장로가 전부 합세해 겨우 제압할 수 있었다면 화산파에 무슨 일이 벌어졌을지 보지 않아도 훤했다.

"저희 중 몇몇의 사백과 사숙님은 그 자리에서 탈각하시거나 당시의 부상을 이기지 못하고 돌아가셨으며, 본 파의 몇몇 도관도 소실됐습니다."

"……."

좌중의 분위기가 숙연해졌다.

한 사람의 집착과 광기로 인해 너무나 많은 피해와 희생이 따른 것이다.

"제압된 기 사숙은 단전을 부수고 십이정경을 폐쇄하자 바로 정신이 돌아왔습니다."

당연한 수순이었다.

힘에 대한 집착과 광기로 심마에 빠진 것만으로도 용서받지 못할 대죄인데 그런 참사를 벌였으니 죽음으로도 속죄를 할 수 없었을 것이다.

"모두가 보는 앞에서 기 사숙에 대한 단죄를 내렸습니다. 제정신으로 돌아온 기 사숙은 아무런 말도 하지 않고 그저 침묵으로 일관하며 모든 형벌을 감수했습니다."

장평의 스승을 마지막으로 배웅한 이는 송자건의 스승인 손괴와 진무였다.

"형벌로 인한 상처를 안고 강제로 산문 밖으로 내쳐지는 순간에도 기 사숙은 거부했습니다. 피투성이로 산문을 향해 외쳤습니다. 모든 것은 화산을 위해서였노라고. 항거할 수 없는 쇠락의 길로 접어드는 화산파를 다시 무림에 우뚝 서게 만들고 싶었노라고. 그 후론 어찌 되었는지 소식이……."

염세악은 고개를 흔들었다.

그 지경까지 간 마당에 거짓을 말하진 않았을 것이다. 하지만 방법이 옳지 않았다.

이해는 갔다.

염세악 자신도 화산파 안에서 귀찮음을 무릅쓰고 동분서주 하는 이유가 바로 그 때문이니까.

하지만, 그것이 반드시 자신만이 이룰 수 있다는 그릇된 생각이 파국을 자초한 것이다.

염세악은 장평의 스승 얘기를 들으며 새삼 자신을 돌아봤다.

토굴에 갇히기 전의 염세악과, 갇힌 이후의 염세악.

토굴에 갇힌 동안 세상 모든 것이 무상함을 깨우치지 못했다면 자신도 그와 같은 길을 걸었을 것이다.

혈기방장하던 옛 시절엔 장평의 스승처럼 자기 자신밖에 몰랐으니까.

"기 사숙의 일이 그렇게 마무리 되자 장평의 처분이 복잡해졌습니다."

반운산의 말에 염세악이 고개를 끄덕끄덕 거렸다. 사부가 그런 참사의 대죄를 짓고 축출됐으니 아무리 잘못이 없다손 치더라도 그냥 넘어갈 수는 없었으리라.

"스승이 용서할 수 없는 대죄를 지었고 사승이 끊어졌으니 마땅히 파문으로 처리하는 것이 옳다는 쪽과, 죄를 짓지 않은 자에게 사승의 죄를 연좌로 징치하는 것은 세속의 눈으로 옳고 그름의 잣대를 들이대는 것이라며 도가 아니다라는 쪽으로 의견이 둘로 갈라진 것입니다."

송자건의 말에 반운산이 곁에서 말을 보탰다.

"그때 장평의 나이가 일곱이었습니다."

"……."

일곱 살이라면 눈으로 본 것을 잊지 않을 나이였다.

'녀석은 그때의 상황을 모두 보고 있었겠구나. 제 스승이 저지른 참사까지.'

염세악은 장평의 신세에 측은함을 느꼈다.

"격론이 오간 끝에 결국 장평을 파문하는 것은 무마되었지만 사승이 끊어진 상황에서 저희와 같은 항렬로 있는 것은 옳지 못하다는 중론이 모아졌습니다. 결국 장평은 배분이 한 단계 강등되어 수련 제자의 신분으로……."

송자건이 말끝을 흐리며 짙은 한숨을 내쉬었다.

"장평은 어디에도 정을 붙이기가 힘들었을 겁니다. 배분이 강등당해 이대제자의 신분이지만 누군가 입으로 옮겨 장평의 사연을 알게 된 이대제자들은 녀석을 대하기가 애매하고 어려워 피하기 일쑤였고, 그건 장평도 마찬가지였을 겁니다."

반운산의 말에 염세악은 그제야 오늘 목격한 장평의 이상한 모습이 이해가 갔다.

"그건 저희들도 마찬가지였습니다. 죄를 지은 건 기 사숙이지 장평은 아무 잘못도 없다고 생각했으니까 말입니다. 우리 중에 장평을 업어 키우지 않은 형제가 없습니다. 단 한 번도 장평을 터럭만큼이라도 미워해 본 적은 없습니다. 하지만 웃전의 명과 문규 탓에 저희도 장평을 대하기가 껄끄럽기는 마찬가지였습니다."

"……."

"그 녀석이 어렸을 적부터 눈칫밥만 먹고 자라서 눈치가 어찌나 빠른지. 머리가 좀 굵어지고 나서는 자신을 어려워하는 우리나 이대제자들에게 피해를 주지 않으려고 스스로 곁

돌기 시작한 겁니다."

길고 길었던 장평의 사연이 끝이 났다.

염세악은 그저 이상한 점이 느껴져 가볍게 물어보았을 뿐
인데 이 같은 구구절절한 사연이 있을 줄은 몰랐기에 한동안
말이 없었다.

그렇게 한참의 시간이 지난 후, 염세악이 엉덩이를 툭툭 털
며 일어섰다.

"오늘 수련은 건너뛰자. 별로 내키지 않는구나."

"……."

평소 같았으면 염세악의 말에 나이 체면을 잊고 뛸 듯이 기
뻐하며 환호성을 질렀을지도 모를 일이었다.

하지만 송자건 등은 염세악의 말에 그저 고개를 숙이며 조
용히 돌아가는 그를 배웅했다.

'불쌍한 놈.'

염세악은 지난 사연을 다시 한 번 돌아보며 장평을 측은하
게 여겼다.

정풍곡을 나와 화산파로 돌아온 염세악은 여전히 폐가의
건초 더미에서 입을 헤벌린 채 잠을 자고 있는 장평을 물끄러
미 지켜봤다.

'바보 같은 놈. 사부라고 할 수도 없는 녀석이 저지른 죄악

을 왜 네놈이 짊어져? 기가라는 놈의 검은 그놈의 검일 뿐, 너는 너대로의 길을 가면 될 일을······.'

풀어헤쳐진 옷고름을 다시 동여매 주고 지푸라기를 모아 장평을 덮어준 염세악은 한숨과 함께 발길을 돌렸다.

염세악은 고단한 노구를 눕힐 처소로 향하지 않았다.

그가 향한 곳은 장서를 모아놓은 현오궁이었다.

"태사조님!"

"태사······."

염세악이 번을 서는 제자들에게 손을 흔든 뒤 조용히 현오궁 안으로 들어갔다.

빽빽하게 나열된 서각을 보던 염세악이 한숨을 터뜨렸다.

"에휴! 내 팔자야."

고개를 흔든 염세악이 서각 사이를 느릿느릿 돌며 비급의 제목들을 하나하나 확인했다.

그리고 한참의 시간이 흐른 후 염세악은 두 권의 책을 가져와 서탁 위에 놓았다.

두 책자의 겉면에 쓰인 제목은 매화산수(梅花散手)와 무영수(無影手)였다.

第六章

은호청과 은호열은 한 방 안에서 각자 반대편의 벽에 기대 앉은 채 서로를 증오에 찬 눈빛으로 노려봤다.

단 한 순간도 같은 공간에서 숨 쉬는 걸 죽도록 싫어하는 형제들이었다. 화산파에 강제로 머물게 되면서 같은 처소가 배정되었어도 한 번도 같이 자지 않았다.

예외인 경우는 딱 한 가지뿐이었다.

언쟁이든 주먹질이든 싸움질을 벌일 때.

하지만 염세악에게 폐맥점혈을 당한 후로 둘의 물과 기름 같은 성질도 더 이상 고집을 부릴 수 없게 되었다.

처음에는 객방 앞마당에 널브러져 팔을 움직이지 못하고 다리를 못 쓰게 된 상황에서도 둘은 말 한마디 나누지 않았다.

둘 다 될 대로 되라는 식으로 누워서 하늘을 쳐다보기만 했다.

그러다 해가 빠지고 같은 처지인 홍화순과 화소옥, 백소령이 차례로 돌아오면서 무안한 상황이 속출했다.

"꼴 하고는."

"어머? 화해했어? 함께 별을 보기엔 아직 날이 저물지 않은 것 같은데."

거기까진 참을 수 있었다.

적어도 백소령이 오기 전까진.

"……."

그녀는 아무 말도 하지 않았다.

그저 한참 동안 바닥에 드러누워 있는 둘을 빤히 내려다보기만 했을 뿐.

하지만 은씨 형제는 백소령의 아무 말도 없는 그 눈길에 창피스러움과 치욕으로 얼굴이 시뻘겋게 달아오르고 말았다.

결국 둘은 뒤늦게 기를 쓰고 객방으로 들어갔다.

은호청은 다리는 멀쩡했지만 상체가 마비돼 균형을 잡지 못해 버둥거렸고, 은호열은 팔은 자유로웠지만 다리에 감각이 없어 땀을 비 오듯 흘렸다.

내공이라도 쓸 수 있다면 어떻게든 해보겠지만 그랬다가
는 평생 이 상태로 살게 될 거라는 염세악의 엄포에 감히 시
도할 꿈도 꾸지 못했다.

물론 둘 다 서로가 도우면 쉽게 해결할 수 있다는 정도는
알고 있었다.

하지만 죽으면 죽었지 그런 생각은 절대 입 밖으로 꺼낼 생
각이 없었다.

오히려 눈만 마주치면 이게 다 네 탓이라며 고성을 지르고
꼬락서니 좋구나라고 비아냥을 일삼기 바빴다.

혀를 깨물고 죽는 한이 있어도 서로가 도울 일은 없을 거라
욕설을 퍼부으며 말이다.

그러나 이들의 이러한 결심은 불과 하룻밤 사이에 중대한
난관에 봉착하며 끙끙거리는 상황이 되고 말았다.

무슨 큰 변고가 생겼다든지 거창한 이유 따위가 아니었다.

아주 하찮고 입에 담고 싶지도 않은 그런 것들.

바로 때가 되면 누구에게나 평등하게 어김없이 찾아오는
생리현상과 배고픔이었다.

굶주림은 참을 수 있었다. 하지만 시간이 갈수록 인내에는
한계가 있었고, 이를 악문 통제력도 반나절은커녕 자고 일어
난 지 불과 한 시진 만에 임계점을 돌파하기 직전까지 치달

았다.

둘은 혀를 깨물고 나발이고 당장 옷에 실례를 하는 참상이
벌어질 상황이 임박하자 도움을 바라는 마음이 목구멍까지
올라왔다.

'이놈! 먼저 말을 꺼내라!'

'제기랄! 참을 수 없으면 말을 하라고!'

하지만 그 상황에서도 먼저 말을 꺼내는 것마저 자존심과
무슨 기준인지도 모를 승패 여부로 여기며 서로를 향한 눈길
에 있는 힘, 없는 힘을 잔뜩 주기만 했다.

'독한 놈!'

결국 먼저 움직인 건 형인 은호청이었다.

'빌어먹을 놈! 얼굴색까지 노래진 주제에! 그래! 한 살이라
도 더 먹은 내가 참는다! 형이 왜 형인 줄 네가 털끝만큼도 짐
작이나 할 수 있겠느냐!'

은호청은 먼저 움직이면서도 다 자신이 형이니 치졸한 기
싸움 따위에 매달리지 않는다고 스스로를 위안했다.

은호청은 비틀거리며 일어섰다. 상반신을 쓰지 못하니 일
어서는 것도 앉는 것도 위태위태했다. 그는 넘어질 듯 넘어질
듯 버둥거리며 간신히 쪼그려 앉아 은호열을 향해 등을 내밀
었다.

"……."

은호열이 그런 은호청을 쳐다봤지만 은호청은 딴 곳을 쳐다보며 눈길도 마주치지 않았다.

은호열 역시 아무 말도 하지 않고 손을 써서 기어간 뒤 은호청의 등에 업혔다.

"이익!"

"으, 으윽?"

다리에 힘을 주는 은호청도 등에 업힌 은호열도 인상을 있는 대로 구겨가며 일어서는데 용을 썼다.

공동으로 쓰는 측간으로 가는 동안 둘의 모습은 화산파 제자들의 이목을 집중시켰다.

내막을 모르는 젊은 도사들은 해괴한 표정을 지었고 어린 소년과 꼬맹이들은 웃겼는지 볼 때마다 실실 쪼갰다.

그 모든 굴욕과 오욕의 강을 건너 마침내 측간에 도달했을 때, 둘에겐 이미 서로의 바지춤을 풀어주고 함께 볼일을 봐야 하는 민망함과 분노는 아무것도 아니었다.

한 번을 양보하니 두 번째는 더 쉬웠다.

볼일을 마친 둘은 배식장으로 향했고 늦은 아침 식사를 함께했다.

은호열은 밥숟가락을 들고 바로 한입을 뜨려다 힐끔 옆을 쳐다봤다.

형 은호청이 밥반찬 그릇을 뚫어져라 쳐다보기만 할 뿐 입을 다문 채 말이 없었다.

'곧 죽어도 자존심은!'

은호열은 인상을 구기며 밥을 뜬 숟가락을 은호청의 턱밑으로 들이밀었다.

"……."

은호청이 밥숟가락과 은호열의 얼굴을 번갈아 쳐다봤다.

은호열은 밥숟가락을 앞으로 내민 팔이 자신의 것이 아니라는 듯 먼 산을 보며 딴청을 피웠다.

이번에도 역시나 은호청은 아무 말도 하지 않고 밥을 받아먹었고 은호열도 말없이 다시 밥을 퍼 앞으로 내밀었다.

두 번을 연달아 받아먹고 세 번째에 은호청이 받아먹질 않고 입을 다물자 은호열이 짜증 난 얼굴로 한마디 했다.

"왜?"

은호청이 반찬을 턱짓했다.

"에이! 쌍!"

은호열은 욕을 하면서도 젓가락으로 반찬을 집어 신경질적으로 은호청의 입에 쑤셔 박았다.

그걸 또 은호청은 야무지게 씹어 삼켰다.

다시 밥을 떠 앞으로 내미니 이번에도 은호청은 받아먹지 않았다.

"아, 왜 또?"

"…물."

은호청이 머뭇거리다 짧게 말하자 은호열이 콧김을 뿜으며 이를 갈아붙였다.

"가지가지 한다! 가지가지 해!"

"……."

은호청이 밥을 다 먹고 나서야 은호열은 식은 밥과 국을 떠먹을 수 있었다.

밥을 다 먹고 난 뒤 바로 배식장을 나서지 않고 나란히 앉아 한참을 침묵하던 두 형제가 동시에 입을 뗐다.

"호열아."

"있잖아."

둘이 동시에 고개를 돌리며 눈을 마주쳤다.

"사이좋게 아침 댓바람부터 웬일이냐?"

염세악은 가던 길을 막고 은씨 형제가 서로 업고 업힌 모습으로 나타나자 처다봤다.

둘은 서로 팔과 허리를 힘겹게 움직여 가며 나란히 무릎을 꿇은 뒤 손을 모으며 고개를 조아렸다.

"저희가 잘못했습니다."

"용서해 주십시오."

은호청과 은호열이 진심에서 우러나오듯 염세악에게 용서

를 구했다.

"잘못한 줄은 알고 있어?"

염세악의 물음에 두 형제가 연신 고개를 끄덕였다.

"제가 형으로서 철딱서니가 없었습니다."

"아닙니다. 아우로서 형에게 대든 제 불찰이 큽니다."

형제는 서로의 잘못이라며 다투듯 원인을 제게로 돌렸다.

"정말 뉘우쳤어?"

끄덕끄덕.

"다시는 안 싸울 테냐?"

끄덕끄덕.

"약속할 수 있겠지?"

끄덕끄덕.

염세악은 허리를 숙여 둘의 시선과 마주치며 번갈아 보다가 턱 밑의 수염을 배배 꼬았다.

"잘못을 뉘우쳤으면 됐다."

순간 형제의 어둡던 표정이 환하게 변했다.

"그런데 말이다."

"......?"

"이런 생각을 해봤다."

염세악이 주변의 풍광을 감상하듯 돌아보며 말했다.

"대충 뭐, 일단은 잠시 휴전하고 입을 맞춰서 이 상황을 모면한 후에 결판을 보자, 이런 것?"

둘의 얼굴에 당황스런 빛이 어렸다.

"태사조님! 천부당만부당한 말씀이시옵니다!"

"절대 아니옵니다! 정말 죄를 뉘우쳤습니다."

둘이 동시에 성토하듯 외쳤지만 염세악은 미심쩍은 표정을 거두지 않았다.

"정말 그럴까?"

은호청이 바닥에 머리를 찧으며 소리쳤다.

"형제의 우애를 깨닫게 해주신 가르침, 화산파에 뼈를 묻어도 여한이 없습니다."

은호열도 보탰다.

"이미 깊이 뉘우쳤으니 이런 벌은 얼마든지 받아도 상관이 없습니다!"

"오?"

염세악이 둘의 결심에 감탄한 듯 고개를 끄덕거렸다.

"그 정도 각오면 됐다."

순간 둘의 표정에 희열이 번져 나왔다.

"그럼 더 그렇게 사이좋게 잘 지내봐."

"…예?"

"태, 태사조님!"

두 형제의 표정이 급전직하했다.

"왜? 화산에 뼈를 묻어도 여한이 없다며?"

"아니, 그것은……."

"어떤 벌이라도 개의치 않을 정도로 형제의 우애를 깨우쳤다니 한동안 그러고 다녀도 좋잖아?"

"……."

염세악이 실실 웃으며 하는 말에 둘의 표정이 흙빛으로 변했다.

"비켜라. 내가 요새 좀 바빠."

염세악이 무릎을 꿇고 있는 둘을 피해 돌아갔다.

"태, 태사조님!"

"태사조님! 태사조님!"

은씨 형제가 목청이 터져라 염세악을 불렀다. 하지만 염세악은 등 뒤로 살랑살랑 손을 흔들 뿐 돌아보지 않았다.

은호열의 얼굴이 일그러졌다.

"이 멍청한 새끼야! 화산에서 뼈를 묻는단 소리는 왜 지껄여!"

은호청도 분노해 버럭했다.

"뭐? 새끼? 그런 너는 뭘 잘했다고 큰 소리야! 벌은 얼마든지 받아도 상관없다고 씨부린 놈이 할 소리냐!"

퍽!

"네놈이 감히!"

뻐억!

"이 새끼가?"

염세악은 등 뒤에서 들려오는 고성과 욕설에 이어 찰진 투 닥거림에 실소를 흘렸다.

'이놈들아, 내가 니들 머리 꼭대기에 앉아 있다. 어디서 수 작질이야? 나 천살마군 염세악이야, 염세악.'

어쨌든 염세악은 기분이 좋았다.

하루를 여는 전조치고는 꽤 기분 좋은 아침이 아닐 수 없었 다.

"누가 왔다고?"

염세악은 진무의 상태나 살피려고 소요정으로 갔다가 마 당 안을 가득 메운 호호백발의 화산파 장로들을 보며 티꺼운 표정을 지었다.

'젠장 할! 이것들이 왜 떼거지로 모여 있는 거야? 아침부터 재수 없게 죄다 한호로 보이는구만.'

보통 사람들이 봤다면 선풍도골 같은 노인들이 모여 있는 것만으로 흡사 선경에 들어온 듯 눈을 비볐을 장면이지만 염 세악은 상쾌하던 기분이 바로 급추락할 정도로 기분이 상했 다.

"무슨 일인데 이리 호들갑이야?"

"북검회에서 오늘 본 파를 방문하겠다는 배첩을 전해왔습니다."

"북검회?"

염세악의 목소리가 조금 삐딱하게 올라갔다.

왕심봉은 백 년 가까이 은거한 염세악이 무림의 정세에 어두울 거라 여겼는지 말을 보탰다.

"북검회라는 곳은 용천장에 대항하기 위해 만들어진 검파 연합……."

"아! 용천장! 북검회! 알지. 요새 이거라는 놈들?"

염세악이 왕심봉의 말허리를 뚝 자르고 엄지손가락을 혼들어댔다.

"근데 그놈들이 왜 와?"

염세악의 질문에 왕심봉 등은 선뜻 대답할 말을 찾지 못했다.

그저 금일 중 북검회에서 찾아오겠다는 통보가 온 것이 전부지 자세한 내막은 모르기 때문이었다.

"쯧쯧! 비켜."

염세악은 왕심봉을 지나쳐 두 손을 작살처럼 모아 장로들 사이를 헤집고 소요정 문을 열었다.

안을 본 염세악이 인상을 구겼다.

"뭔 대단한 일이라고 아픈 애를 깨워!"

염세악의 목소리에 안에 있던 손괴를 비롯한 이관삼궁의 장로들이 화들짝 놀라며 급히 예를 차렸다.

"태사조님을 뵈옵니다."

"어르신."

염세악은 진무나 장로들의 인사는 받는 둥 마는 둥 하며 성큼 안으로 들어가 대장로 손괴의 손에 들려 있는 서찰을 냉큼 낚아챘다.

"태, 태사조님."

손괴가 당황한 표정을 지었지만 뭐라 할 사이도 없이 염세악이 서찰을 차라락 편 뒤 쓱 훑었다.

"흐음~! 북검회의 장강옥?"

편지의 내용은 정중했다.

내용인즉, 화산파의 전설적인 기인인 검신 한호가 은거를 깨고 귀환했다는 풍문을 접하고 이를 경하하는 뜻에서 뵙기를 청하고 아울러 북검회에 친교를 다지자는 뜻을 장문인께 전하고자 한다는 말이었다.

손괴가 말했다.

"장강옥이란 청년은 북검회를 만든 검성의 하나뿐인 제자로 향후 북검회의 차기 회주가 될 일세 영걸입니다. 속세에서는 천룡검이란 별호로 불린다고 하는군요."

장로들도 거들었다.

"그동안 본 파가 무림과 교류가 없었는데 북검회가 천룡검 장강옥을 사자로 보낸 것은 실로 뜻깊은 일이 아닐 수 없습니다."

"그렇습니다. 그동안 그 북검회는 말할 것도 없고, 남도련이나 용천장에서도 우리 화산파에 대해 한 번도 사람을 보낸적이 없었는데 이처럼 대단한 신분을 가진 이를 사자로 보낸걸 보면 이제 우리 화산파도 기지개를 켤 때가 된 것 같습니다."

"이 모든 것이 다 태사조님께서 불철주야 본 파를 위해 수고를 아끼지 않으신 덕분인 게지요."

"허허! 물론 그렇기도 하지만 태사조님의 존호만으로도 북검회에서 우리 화산파를 감히 허투루 보지 못하게 된 것 아니겠습니까?"

"옳은 말일세."

염세악은 앞다퉈 듣기 좋은 덕담을 주고받는 장로들의 말을 귓등으로 흘리며 손에 든 서찰 안의 내용을 보고 미간을 잔뜩 모았다.

"……"

염세악의 말이 없는 모습을 병석에 누워 있는 진무만이 유일하게 가만히 지켜봤다.

잠시 후 염세악이 입을 뗐다.

"이거 가져온 놈 누구야?"

손괴가 손사래를 치며 웃는 얼굴로 대답했다.

"저희가 다 알아서 하겠습니다. 태사조님께선 의관을 갖추시고 북검회의 하례를 받을 준비를 하고 계십시오."

염세악이 고개를 흔들었다.

"아니다."

"……?"

"니들은 나설 것 없다. 내가 다 알아서 할 테니 각자 일이나 봐."

"태사조님? 어찌 태사조님께서 몸소 직접……."

손괴가 난처한 표정을 지었다.

"내가 알아서 한다니까."

염세악은 더 이상 대화를 할 여지를 주지 않고 바로 밖으로 나와 왕심봉에게 서찰을 든 손을 흔들었다.

"이거 가져온 놈 어딨어?"

"옥허궁 앞에 있습니다."

"옥허궁?"

염세악의 표정이 좋지 않게 변했다.

"지객청은 산문 쪽에 있는데 왜 그놈이 옥허궁 안마당까지 와 있어?"

그 말에 왕심봉이 당황해 더듬거렸다.

"그, 그것이 제자 아이들이 방문한 이가 북검회라 신분을 밝혀 안내를 하다 보니……. 그리고 북검회의 사람인데 지객청에 머무르게 하여 기다리게 하는 것은……."

"……."

염세악은 왕심봉을 물끄러미 쳐다보다가 말했다.

"그놈 있는 곳으로 안내해."

"예? 예예! 태사조님! 가, 가시지요!"

왕심봉은 허둥지둥 앞장서며 안도의 한숨을 내쉬었다. 괴팍한 태사조가 또 무슨 역정을 내려나 조마조마 했는데 의외로 아무런 심술도 부리지 않아서 다행이었다.

*   *   *

화산에 오르는 초입의 너른 바위 위에 검을 세워둔 채 앉아서 기다리던 현무검주 조천상은 귀찮음과 따분함이 역력한 얼굴로 주변의 풍광을 둘러봤다.

산허리에 걸린 운무가 흩어지며 험준하면서도 웅장한 기세를 뿜내는 화산의 산세가 드러났지만 조천상에겐 아무런 감흥도 없었다.

그를 보필하기 위해 따라온 몇몇이 불만 어린 기색으로 주변을 서성이다 그중 한 명이 앞으로 나섰다.

"검주! 굳이 이렇게까지 할 필요가 있습니까? 배첩을 전했으니 공자님께 아뢰고 어서 화산으로 오르시지요."

조천상이 말하는 곽흠을 쳐다보다 화산의 정상으로 시선을 줬다.

"공자님의 명이다. 감히 네가 공자님의 명에 왈가왈부하는 게냐?"

"그게 아니오라……."

곽흠이 인상을 쓰며 대꾸하려는 순간 조천상이 매서운 눈길로 곽흠을 노려봤다.

"네놈이 감히 분수를 모르고 망발을 일삼는구나. 내가 어찌하면 좋을까?"

"헉? 죽, 죽을죄를 지었습니다! 용서하십시오."

곽흠의 얼굴이 파리하게 질리며 그 자리에서 무릎을 꿇고 머리를 박았다.

조천상은 더 이상 화를 내지 않고 물러가라는 듯 손을 내저었다.

사실 말은 그렇게 했지만 조천상의 속내도 곽흠이란 청년과 다르지 않았다.

화산을 응시하는 조천상의 눈가가 살짝 일그러졌다.

그가 숭배하는 장강옥의 명이기에 따르는 것이지만 복잡하고 귀찮게 이런 절차를 굳이 밟고 있는 이유를 이해할 수 없었다.

자그마치 북검회다.

그리고 검성의 뒤를 이을 천룡검이 직접 발걸음했다.

그는 화산파의 입장에선 배첩의 주인이 북검회란 말만 들었어도 맨발로 뛰어나와 산 아래까지 맞이해야 한다고 생각했다.

북검회에 가입되는 순간 이제껏 외면받아 온 화산 속가들이 각종 이권과 혜택을 분배받게 될 것이고, 그것은 자연스레 쓰러지기 일보 직전의 화산파에 크나큰 보탬이 될 일이었다.

성세가 기울어 어디에서도 환영받지 못하고 있는 화산파의 입장에선 가뭄의 단비요 사막의 녹주가 아닐 수 없는 일이었다.

그런 엄청난 은혜를 베풀려고 북검회의 후계자가 직접 찾아왔는데 무엇 때문에 이리 격식을 차리는지 이해가 가지 않았다.

그를 짜증 나게 만드는 이유는 더 있었다.

'올라간 게 언제인데 아직도야? 대체 위에서 뭘 하고 있는 것인가?'

배첩을 보낸 현무단의 수하가 아직도 돌아올 기미가 보이지 않고 있다는 것.

배첩만 전하고 바로 오면 되는 일인데 이미 반 시진이 지난

지가 한참인데 아직도 소식이 없자 그렇잖아도 마뜩치 않던 심사가 갈수록 꼬였다.

현무단 수하가 산에서 내려온 건 그 뒤로 한참의 시간이 지나 해가 중천을 넘어 서산으로 기울 무렵이었다.

"전충이 돌아옵니다!"

정적을 깨우는 외침에 조천상과 현무단원들이 고개를 돌렸다.

과연 배첩을 전하러 갔던 전충이 산을 내려오는 모습이 보였다.

한데 그 표정이 소태를 씹어 먹기라도 한 것처럼 잔뜩 일그러져 있었다.

씩씩거리는 숨을 거칠게 내뿜으며 조천상 앞에 전충이 예를 올렸다.

조천상이 눈살을 찌푸렸다.

"무슨 일 있었느냐? 표정이 왜 그러느냐?"

"화산에 본 회의 방문을 통보하였습니다."

"그런데?"

"웬 늙은이가 와서 한다는 말이……."

전충은 아직도 분한 마음이 풀리지 않는지 조천상이 앞에 있는데도 불구하고 이를 갈아붙였다.

"그 늙은이가 말하길……. 그러니까……."

전충이 씩씩거리면서도 계속 주저하자 조천상의 미간이 잔뜩 찌푸려졌다.

"무슨 일이기에 자꾸 뜸을 들이느냐. 속히 말하지 않겠느냐?"

전충이 말했다.

"바쁘니까 다음에 오랍니다!"

"……!"

조천상을 비롯한 일행 모두가 황당한 표정으로 눈을 멀뚱거렸다.

뭔가 잘못 들은 거겠지 하는 표정들.

"그리고 이에 항의하는 속하를… 속하를… 발로 걷어차 쫓아냈습니다."

"……."

뒤늦게 사태를 파악한 조천상의 얼굴에 노기가 번져 나왔다.

"감히! 화산파 따위가!"

"이놈들이 주제도 모르는구나!"

"화산파 놈들이 간이 배 밖으로 나온 것이 아닙니까!"

현무단의 검수들이 너 나 할 것 없이 분기탱천해 화를 터뜨렸다.

"단주! 이 일은 절대 그냥 넘겨서는 아니 됩니다! 이것은 우리 북검회를 모욕한 것이나 다름없습니다!"

배첩을 전했던 전충도 합세해 말했다.

"곽흠의 말이 옳습니다. 게다가 우리 북검회의 배첩을 받고도 이리 안하무인으로 나오는 것은 검성 어른을 능멸하는 것이며, 사자로 직접 행차하신 장 공자를 업신여긴 것이 아니옵니까!"

"검주!"

"이대로 넘어가선 안 됩니다!"

조천상은 자리에서 일어났다. 그리고 화산을 살기등등한 눈으로 노려봤다.

"화산파 따위가 감히……."

장강옥은 살기등등해서 돌아온 조천상과 분노로 들끓는 현무단을 보며 의아한 표정을 지었다.

그리고 이어진 조천상의 보고와 너도나도 성토를 해온 현무단의 경과보고.

장강옥도 처음엔 고개를 갸웃했으나 잠시 뒤 뭐가 그리 좋은지 객잔의 천장이 들썩거릴 정도로 호탕한 웃음을 터뜨렸다.

"하, 하하하! 하하하하!"

장강옥이 진노는커녕 파안대소하자 조천상 이하 현무단의

무인들이 떫은 감을 씹은 것처럼 이상하다는 얼굴로 그를 쳐다봤다.

"공자님! 웃을 일이 아닙니다."

"그렇습니다! 감히 화산파 따위가 우리에게 이런 대접을 하다니요!"

"옳습니다! 그냥 놔둬선 안 됩니다!"

"놈들이 우리 북검회를 모욕했습니다! 검성님과 공자까지 업신여긴 무도한 놈들입니다!"

조천상의 나직한 노성과 현무단 무사들이 당장에라도 검을 빼 들고 달려갈 것 같은 기세로 살기를 줄줄이 뿌렸다.

하지만 장강옥은 여전히 웃음기가 사라지지 않은 얼굴로 입을 뗐다.

"전충."

"하명하소서! 공자!"

한쪽 무릎을 꿇으며 피를 토하듯 대답하는 전충은 이미 화산으로 달려갈 준비가 끝난 것처럼 전의를 불태웠다.

하지만 장강옥은 그의 예상과 달리 엉뚱한 말을 해왔다.

"그대가 말한 노인이란 자가 검신이 아닐까?"

"……!"

배첩을 전한 전충도, 현무단을 이끄는 조천상도 장강옥의 말에 안색이 변했다.

"그, 그것이……."

당황한 전충이 우물쭈물하며 바로 대답하지 못했다.

너무 황당한 일을 접한 직후라 신분을 따져 물을 수도 없었던 것이다.

하지만 장강옥은 확신했다.

횡액을 당한 전충이 말하는 노인이란 자가 틀림없이 검신 한호일 거라고.

장강옥이 말했다.

"오늘도 화산파를 방문하기엔 늦어버렸군."

"예?"

"공자! 설마?"

얼굴이 일그러지며 불신하는 표정을 짓는 조천상과 현무 단원들을 향해 장강옥이 고개를 끄덕였다.

그리고 말했다.

"내일 일찍 나서지. 이번에는 나도 직접 가겠다."

"……!"

*　　　*　　　*

'맙소사? 저자는 남도련의 이 인자인 칠절패도 여양종!'

무림 최고의 음자(陰者) 집단인 사망림(死網林)의 림주 무음살왕(無音殺王) 육조의 복면한 안쪽의 눈이 커다랗게 변했다.

'저자가 어찌 이곳에?'

육조는 사망림 최고의 은신법인 침기은형(沈氣隱形)술을 최고조를 끌어올리며 숨을 죽였다.

"지금이라도 화산파에 배첩을 전할까요? 이미 화산에 들어오긴 했지만 들어가기 전에 정식으로 방문을 알리는 것도……."

"이제 와서 무슨 소리냐? 잘나가다가 왜 생각 많은 네 녀석 숙부 같은 소릴 하고 그래?"

"숙부님께서 남도련의 체면에 흠집이 가는 행동은 조심하라고 당부하신 일이 떠올랐습니다."

"됐다! 흠집은 무슨. 남도련의 이 여양종이가 가는데 배첩은 무슨 놈의 배첩?"

"하지만 상대는 검신입니다."

"흥! 검신이 아니라 검신 할애비가 와도 늙어 꼬부라진 영감일 뿐이야. 백 년 전에 귀신이 됐어야 할 늙은이가 힘을 쓰면 얼마나 쓴다고."

육조는 여양종의 말을 엿들으며 그와 대화 하고 있는 청년이 누군지 바로 알아챘다.

'섬영도룡 사마홍락!'

무식하고 저돌적이라고 소문이 난 여양종의 입에서 생각

많은 숙부 운운할 사람은 남도련의 책사 사마군뿐이었다.

사마세가가 낳은 걸출한 지자로 명성이 자자한 이가 사마 군이다.

그리고 사마군 이후 머리가 아닌 무로써 사마세가의 기대를 한 몸에 받고 있는 또 다른 유명인사가 있으니 바로 사마군의 조카인 사마홍락이었다.

한 사람은 남무림을 일통한 세력의 이 인자요, 한 사람은 장강 이남에서 배출한 후기지수 중 세 손가락 안에 드는 신진고수.

'남도련이 올 줄은 알고 있었지만 설마 여양종이 직접 발걸음했을 줄이야!'

마음먹고자 하면 천하에 못 죽일 자가 없다는 죽음의 사신으로 정평이 난, 그래서 무음살왕이란 악명으로 명성이 자자한 이가 바로 육조였다.

그런 그도 여양종을 보며 가슴 밑이 서늘해지는 것을 느꼈다.

그 정도로 남도련의 칠절패도 여양종의 존재감은 무시무시했다.

그는 사망림을 떠나오기 전, 용천장으로부터 받았던 의뢰를 떠올렸다.

'가장 우선할 것은 화산파의 분위기와 검신의 의중을 파악

할 것.'

'북검회는 천룡검 장강옥이 사자로 오는 것을 확인. 남도련에서 누가 오는지 파악하고 확인 즉시 용천장에 전할 것.'

육조는 달도 어스름한 어두운 밤 속에서 그들과 격한 거리가 무려 오십 장에 이름에도 불구하고 흑야투안(黑夜透眼)과 천리지청술(千里地聽術)을 거두며 최대한 은밀히 몸을 뺐다.

술병을 기울이며 목울대를 꿀꺽꿀꺽 술을 삼키던 여양종이 순간 멈칫했다.

"음?"

"왜 그러십니까?"

사마홍락이 불쏘시개로 모닥불을 휘적거리다 고개를 들었다.

여양종은 귀를 쫑긋거리다 힐끔 주변에 동그랗게 원을 그리고 좌정하고 있는 열여덟 명의 도객을 쳐다봤다.

눈을 반개하고 두 무릎에 도신을 눕혀 놓은 자들.

수라십팔도객(修羅十八刀客).

여양종이 십 년의 공을 들여 키운 제자나 다름없는 수족들이다.

미동도 없이 자세를 유지하고 있는 그들을 보며 고개를 갸웃하더니 피식 웃었다.

"아니다. 그냥 좀 착각한 모양이야."

"……?"

사마홍락은 의아한 표정을 짓더니 이내 다시 습관처럼 모 닥불을 휘적거렸다.

'들어간다.'

육조의 눈동자가 멀리 어둠 속에 잠긴 화산파의 도관들을 보며 착 가라앉았다.

잠입과 암살에 있어서 무림에서 따라올 자가 없다는 그가 화산파 안으로 잠입하는 결정을 내리기까지 무려 열흘이나 걸렸다.

가장 큰 이유는 백 년 전 검신이라 불렸다는 존재 때문이었 다.

무림 최고의 살수집단인 사망림은 용천장과 오랫동안 밀 월 관계를 유지해 왔다.

용천장에서 이번 의뢰를 받았을 때, 사망림은 누구를 보낼 것인가를 두고 깊은 숙고에 들어갔었다.

그 어떤 곳의 의뢰보다도 더욱 실패해선 안 되는 곳이 용천 장이기에.

특히나 근자에 들어 용천장이 환영각에 조금씩 일을 맡기 고 있다는 정보가 입수되면서 사망림의 수뇌부는 더욱 신중해졌다.

환영각은 여자로 이루어진 집단이었지만 **빠른** 속도로 사망림의 영역을 야금야금 침범해 들어오고 있었다.

아직까지는 전면전에 가까운 충돌은 일어나지 않았지만 암살과 정보수집이라는 방면에 있어서 동류의 길을 걷는 두 세력의 충돌은 불가피했다.

이런 이유로 사망림은 이번 기회에 용천장에 확실히 사망림의 수단을 보여줄 심산이었다.

문제는 의뢰 대상.

화산파는 문제될 것이 없었다.

그러나 백 년 전 천하제일이었다는 검신 한호의 존재는 사망림의 수뇌진과 육조에게 고민을 던져주었다.

백 년 전의 인물이라 사망림 내에서도 의견이 분분하긴 했다.

하지만 천하제일이라는 평판은 거저 얻을 수 있는 것이 아니었다.

당장, 당대의 천하제일로 평가받는 한천 연경산만 해도 사망림 전체가 숨을 죽여야 하는 가공할 존재가 아닌가.

그리고 검신이란 별호가 주는 무게감.

결국 육조는 고심 끝에 사망림 최고의 전력인 세 명의 특급 살수를 배제하고 자신이 직접 나서기로 했다.

일을 확실히 처리하는 것도 처리하는 것이었지만 어떠한 실수나 흔적을 남겨서도 곤란한 일이었기에.

용천장의 의뢰 실패는 곧 사망림의 멸문과 직결됐다.

실패의 경우도 대비해야 했다.

특급 살수를 보내 실패할 경우 작게는 사망림의 커다란 전력 하나를 잃는 것이고 크게는 사망림의 존폐가 흔들리게 된다.

하지만 림주인 육조가 직접 나선다면 실패할 확률도 적을 뿐만 아니라 설사 실패한다 해도 명분이 있었다.

사망림 최고의 실력자인 육조가 직접 나섰음에도 실패한 것이니까.

물론 육조는 실패 따위는 전혀 생각하지 않았다.

그에게 실패란 단 한 번도 경험해 보지 못한 낯선 말이었다.

육조는 열흘 전에 화산 근역에 당도해 멀리서부터 화산파를 주시하며 주변을 내밀히 살폈다.

화산파를 중심으로 돌고 또 돌면서.

그러면서 정풍곡에 웅크린 채 수련에 임하고 있는 일대제자들의 모습도 확인했다.

북검회의 천룡검 장강옥이 당도한 것도 확인했고 이번에는 남도련의 칠절패도 여양종도 보았다.

이제 남은 것은 화산파 안으로 잠입하는 것뿐이었다.

어디를 통해서 잠입할 것인가는 열흘의 기간 동안 빈틈없는 관찰을 통해 결정되었다.

퇴로는 확보해 둔 길만 열 곳.

유사시 몸을 빼낼 수 있는 계획은 도합 스물여덟 가지.

최악의 경우 잡혔을 시 대응 방안 일곱 가지.

육조는 침기은형술을 십이성으로 끌어올렸다.

기를 가라앉히고 몸을 숨기는 최고의 수법은 남도련의 이인자라는 여양종도 기척을 감지조차 하지 못한 고절한 비결이었다.

낡아 담마저 허물어진 폐도관 앞까지 도달한 육조는 무음살왕이라는 별호답게 소리 없이 담을 넘었다.

사뿐히 담을 내려선 육조가 빠르게 주변을 살폈다.

'먼저 은신처를 확보하⋯⋯.'

순간 목덜미가 뜨끔해지며 상념이 끊기는 것과 동시에 육조의 신형이 스스르 옆으로 쓰러졌다.

*   *   *

"사형, 이 사람은 뭡니까?"

"도둑이라더라."

"엑? 도둑이요?"

"그래."

"아니, 도둑이 우리 같은 가난한 도문에 뭐 훔칠 게 있다고?"

"그러게 말이다. 쯧쯧!"

육조는 어수선한 주변의 소리에 신음과 함께 희미하게 눈을 떴다.

눈을 부시게 하는 햇빛.

그리고 오랜만에 자신의 눈앞을 바삐 오가는 사람의 발.

'…발?'

육조가 깜짝 놀라 눈을 급 치떴다.

"……!"

순간 육조의 낯빛이 하얗게 변했다.

다수의 사람이 오가는 경내 한복판이었다. 목까지 땅에 파묻힌 채 얼굴만 빼꼼히 나온 자신의 모습을 확인한 육조.

'큰, 큰일 났다!'

육조의 냉막한 얼굴이 일그러졌다.

'도대체 어떻게……!'

잠입한 직후부터 무슨 일이 있었는지 맹렬히 머리를 굴려 봤지만 아무 기억도 떠오르지 않았다.

키득키득.

"······?"

육조는 고사리만 한 손으로 자신을 가리키며 웃는 꼬맹이
들을 멍하니 쳐다봤다.

"이 아저씨 왜 이러고 있대?"

꼬맹이의 물음에 다른 꼬맹이가 간단히 대꾸했다.

"도둑놈이래."

육조의 얼굴이 일그러졌다.

대사망림의 림주이자 죽음을 관장하는 사신.

'나 무음살왕 육조가······.'

그때 솜털이 아직 뽀송뽀송해 보이는 청년 도사가 육조를
째려보며 손으로 머리를 쥐어박았다.

"에그! 자식이!"

콩.

"······."

육조의 일그러진 냉막한 얼굴이 벌겋게 달아올랐다.

또 한 명의 청년 도사가 서책을 들고 지나가다가 육조를 보
고는 인상을 썼다.

"에라이! 도둑놈아!"

빠악!

청년 도사가 손에든 서책으로 육조의 머리를 후려친 후 혀
를 차며 지나갔다.

부들부들.

마빡에 피도 안 마른 젊고 어린 도사 차림의 인간들은 시시때때로 육조를 지나쳤다.

"에잇!"

퍽!

"에라이! 한심한 놈!"

퍽!

"벼룩의 간을 빼먹어라!"

퍽!

"너도 인간이냐?"

퍽!

"그 나이에 부끄러운 줄 알아야지!"

퍽!

악의는 없었기에 진심으로 육조에게 고통을 줄 정도로 때린 자는 없었다.

다만 씻을 수 없는 내면의 상처를 한가득 안았을 뿐.

'내, 내가… 이 육조가…….'

         *   *   *

"할 일이 그렇게 없냐?"

홍화순은 청아원의 아이들을 지켜보고 있다가 느닷없이 들려온 목소리에 깜짝 놀라 뒤돌아봤다.

염세악이었다.

홍화순이 움찔해 한 발 물러서는 데 염세악이 몸을 돌리며 말했다.

"빈둥거리지 말고 따라와."

밑도 끝도 없이 하는 말이었지만 홍화순은 순순히 염세악을 따랐다.

"너도 따라와."

가는 길에 이대제자와 삼대제자들이 격검을 나누는 것을 지켜보고 있던 백소령을 보고 염세악이 한 말이다.

일행이 셋으로 늘었다.

둘은 염세악이 자신들을 어디로 데려가는 것인지 궁금했다.

그가 뭘 하든 관심도 두질 않던 지난 며칠에 비교하면 장족의 발전이라 할 만했다.

그러나 염세악이 향한 곳은 어떤 도관도, 누군가 있는 곳도 아니었다.

'여길 왜?'

'설마? 하산을?'

홍화순과 백소령은 화산파 출입문인 산문을 보게 되자 표정이 다소 애매하게 변했다.

화산을 떠날 수 있다는 희망이 보이는 기쁨과, 이대로 하산을 하게 된다는 명확히 꼬집을 수 없는 아쉬움.

염세악이 산문 밖으로 나와 화산으로 오르는 길목을 보며 뒷짐을 졌다.

"오늘은 나랑 여기서 산문을 지키는 거다, 알았어?"

"……!"

홍화순과 백소령의 얼굴 위로 황당한 표정이 어렸다.

산문을 지키라니?

'어째서 본산제자가 아닌 내가?'

'내가 왜 이런……'

게다가 화산파의 가장 높은 배분인 백 년 전의 검신이 어째서 산문을 지키는 하찮은 일을 본단 말인가.

"날씨가 쨍쨍하구만, 그지?"

염세악이 얼굴을 들어 하늘을 쳐다봤다.

홍화순과 백소령도 염세악의 시선을 따라 하늘로 향했다.

황당함도 잠시, 둘은 자신도 모르게 안도했다.

하산하게 될지도 모른다는 희망이 부서졌지만 딱히 기분이 나빠지진 않았다.

*   *   *

화음현 객잔에서 하룻밤을 더 묵은 장강옥과 현무단이 날이 새자마자 다시 화산으로 향했다.

장강옥은 화산 초입을 지나 산문이 가까워진 산 중턱에서 현무단의 무사 한명에게 봉서를 건넸다.

"배첩이다. 지금 바로 화산파를 방문하겠다고 전하라."

"예, 장 공자."

명을 받은 현무단의 무사도, 현무단을 이끄는 조천상도, 하나같이 장강옥의 명을 마뜩치 않아 했지만 그의 말에 감히 토를 달거나 거역할 사람은 없었다.

배첩을 받은 무사가 재빠르게 몸을 날려 산길로 사라지자 장강옥이 다시 입을 뗐다.

"오악 중의 하나라더니 과연 화산의 산세가 범상치 않군. 언제 또 올지 모르니 산세 구경이나 하며 천천히 오르도록 하지."

장강옥이 선두로 나서 느릿느릿 다시 산을 오르기 시작했다.

경신법으로 단숨에 오를 수 있었지만 배첩이 전해지기까지 여유를 두기 위해 부러 속도를 늦추는 것이었다.

조천상과 현무단은 비록 지금의 상황이 불만스럽기는 해도 장강옥의 믿음직스러운 등을 보며 흔들리지 않는 태산 같은 느낌을 받았다.

북검회의 내일을 이끌어갈 다음 세대의 주인.

미래의 검성.

그런 위치에 있고도 화산파의 무도한 행위에 흔들림 없이 예법과 겸손으로 포용력을 보이는 그야말로 진정한 무림의 다음 주인다운 그릇임을 확신했다.

물론 그중 몇몇은 화산파 따위에게 뭐 하러 이런 불필요한 격식을 차릴까 하는 생각을 지우지 못하는 이도 있었다.

북검회에 받아들여 주는 것만으로도 그저 감지덕지해야 하는 것이 화산의 엄연한 현실이라는 생각을 지울 수 없기 때문이었다.

화산파로 향하는 산로는 무척이나 거칠고 험했다.

본래부터 그랬는지 아니면 오래 방치되어 그런 것인지는 알 수 없었으나 보통 사람이라면 오르기도 힘든 촉도 같았다.

산문이 가까워 올 무렵, 배첩을 전달하려 올라갔던 무사가 부리나케 되돌아왔다.

한데 그 표정이 똥을 씹기라도 한 것처럼 잔뜩 일그러져 있었다.

장강옥 앞에 선 무사는 말은 않고 거친 숨만 몰아쉬었다.

보다 못한 조천상이 눈살을 찌푸리며 호통을 쳤다.

"뭐하고 있느냐, 어서 고하지 않고?"

장강옥이 됐다는 듯 소매를 저으며 무사에게 물었다.

"배첩은 전했나?"

"화산파 산문을 지키는 이들이 있었습니다."

"……?"

장강옥 등은 무사의 말에 그게 배첩을 전하는 것과 무슨 상관이 있냐는 투로 그를 쳐다봤다.

"배첩은?"

무사가 곤혹스러운 표정을 지으며 대답했다.

"배첩을 전하긴 하였사온데……."

"그런데?"

"배첩을 받은 늙은이가……."

"늙은이?"

장강옥이 무사의 말을 되뇌이며 조천상과 시선을 교환했다.

무사가 우물쭈물했다.

"그 노인이 말하길……. 그러니까 그 노인이……."

조천상이 답답한 듯 짜증을 냈다.

"대체 뭐라 했기에 그리 주저하느냐! 빨리 말하라!"

역정을 내는 조천상의 짜증에 무사가 눈을 질끈 감으며 대답했다.

"나중에 오랍니다!"

"……."

순간 조천상과 현무단은 말할 것도 없고 장강옥마저 말문이 막힌 듯 황당한 표정으로 무사를 쳐다봤다.

'나중에 와라? 우리 북검회에게 그리 말했다? 나 장강옥에게?'

장강옥은 더 이상 웃지 않았다.

"다시 다녀와라."

"……!"

조천상의 표정이 굳어졌다.

'좋지 않다!'

장강옥을 따른 지 수년이 된 조천상은 이제껏 단 한 번도 본 적이 없는 장강옥의 표정에 분노와 짜증으로 달아올랐던 피가 싸늘하게 가라앉았다.

현무단 무사들도 이런 분위기를 눈치챘는지 차가운 숨을 들이켰다.

조천상이 앞으로 나섰다.

"제가 다녀오겠습니다."

장강옥은 조천상을 말없이 쳐다보다가 고개를 끄덕여 승낙했다.

'화산파, 이 버러지만도 못한 놈들이 감히!'

조천상은 처음부터 화산파로 오는 길을 마음에 들어 하지 않았다. 그럼에도 현무단을 이끌고 보위를 자청한 것은 따로 이유가 있었다.

그의 사문이 오래도록 화산파에 눌려 기를 펴지 못했던 섬서의 전통 명문인 종남파였기 때문이다.

장강옥의 눈에 들어 현무검주가 된 후로는 종남파의 뒤를 이을 장문제자 자리도 눈에 차지 않아 일찌감치 사문에 대한 관심을 끊은 그였지만 같잖지도 않은 과거의 영화에 기대 오만불손한 화산파에 대한 감정이 좋을 리가 만무했다.

조천상이 고개를 꾸벅 숙였다.

"돌아와 보고하지 않겠습니다."

"……."

장강옥이 조천상을 바라봤다.

"산문에서 기다고 있겠습니다."

조천상의 결연한 표정에 장강옥이 고개를 끄덕였다.

"그럼."

조천상이 땅을 박차며 벼락같이 산 위를 향해 날아갔다.

절정에 이른 종남파의 비전 부운신법(浮雲身法)이었다.

장강옥은 조천상이 점이 되어 사라진 뒤 걸음을 옮겼다.

분위기가 차갑게 흐르자 현무단도 입을 봉한 채 묵묵히 장강옥의 뒤를 따랐다.

산문은 멀지 않았다.

불과 반각도 되지 않아 산문 앞에 도달했기 때문이다.

하지만 산문 앞에 도달한 장강옥은 전면을 바라보며 눈가를 파르르 떨었다.

"헉? 검주!"

"검주!"

현무단 무사들이 경악해 소리쳤다.

결연한 표정으로 산문에서 기다리겠다던 조천상이 의식을 잃은 채 땅바닥에 널브러져 있었다.

반각도 지나지 않은 시간이다.

장강옥은 누구보다도 조천상에 대해 잘 알고 있었다.

그는 종남파를 상징하는 비전검술인 천하삼십육검을 이미 완성한 일대검호였다.

그런 그가 반각도 흐르지 않은 시간 사이에 의식을 잃고 혼절해 있다?

게다가 상처 하나 보이지 않았다.

치열한 싸움은커녕 반항 한 번 제대로 해보지도 못하고 당했다는 뜻.

"오지 말라니까 아주 떼로 몰려왔구만?"

그때 삐딱선을 따는 목소리가 장내에 울려 퍼졌다.

염세악이었다.

장강옥의 시선이 염세악에게로 향했다.

한편, 염세악의 뒤에서 산문을 지키고 서 있던 홍화순과 백소령은 표정이 더없이 굳어졌다.

'진짜 천룡검이구나! 북검회의 천룡검 장강옥!'

'저자가 천룡검······!'

장강옥은 굳은 표정으로 염세악의 시선을 정면으로 받으며 가까이 다가갔다.

장강옥은 한눈에 그가 화산파의 평범한 장로는 아닐 거라는 걸 확신했다.

백 년 전 천하무림을 떨어 울렸다는 살아 있는 신화.

'검신(劍神).'

검으로는 당대에 누구도 넘볼 수 없다는 자신의 스승조차도 검성이라 불리지 별호에 신(神)이라는 글자가 들어가지 못했다.

염세악은 바로 앞까지 다가온 장강옥을 보며 심드렁한 표정으로 말했다.

"네가 그 거창한 천룡검이라는 아이냐?"

"이제 곧 화산파 산문이 지척입니다."

사마홍락이 곁에서 손을 모으며 공손히 말했다.

"화산, 화산 하더니 산세 한번 고약하구만."

여양종이 눈살을 찡그리며 툭 내뱉었다.

"화산은 처음이십니까?"

여양종이 고개를 끄덕였다.

사마홍락은 의외라는 표정으로 여양종을 바라봤다.

약관의 나이에 무림에 등장해 한 자루 도를 들고 자신의 힘을 시험해 보고자 무려 이십 년의 세월 동안 천하무림을 종횡했다고 알려진 그다.

그런 그가 아무리 성세가 쇠락했기로서니 전통의 명문인 화산파에 한 번 오질 않았다니.

사마홍락의 의중을 눈치챘는지 여양종이 피식 웃으며 말했다.

"무림에 첫 출도해 붙은 녀석이 무당파의 취선검영(聚仙劍英)이었다."

"은선우사?"

"맞다. 지금은 그렇게 불리지."

여양종이 피식 웃으며 고개를 끄덕였다.

취선검영이라면 현 무당파의 장문인인 은선우사(隱仙羽士) 청허자가 젊었을 적에 불린 별호였다.

"당시 화산파에서 그나마 제일 이름을 날렸던 이가 자비연객(慈悲煙客)이었지 아마?"

사마홍락이 고개를 끄덕였다.

정확히 말하면 자비연객이 아니라 대비연객(大悲煙客)이지만 중요한 것은 아니었다.

대비연객.

식견이 넓지 않으면 언뜻 알아보지 못할 정도로 알려지지 않은 이름이다.

하지만 사마홍락은 그가 말하는 대비연객이 누군지 정확히 알고 있었다.

그 또한 일파의 장문인이기에.

바로 현 화산파의 장문인이자 지금은 선광우사(仙光羽士)라는 별호로 불리는 장진무였다.

눈치로 봐선 여양종은 지금의 화산파 장문인이 대비연객과 동일인인 줄조차 모르는 것 같았다.

"당시 검으론 무림에서 다섯 손가락 안에 든다는 청허도 내 십초지적이 되지 못했다. 뭐, 그때야 둘 다 애송이였고 지금은 세월이 흘렀으니 좀 실력이 늘었을지도 모르지."

여양종이 어울리지 않게 겸양을 떨었다.

하지만 사마홍락은 그의 말을 곧이곧대로 받아들이지 않았다.

당시 여양종은 무림에 등장하자마자 첫 비무부터 이름을 떨쳐 맹격패도(猛擊覇刀)라는 별호가 붙었다는 사실을 숙부에게 들은 바가 있기 때문이다.

다만 그 별호를 떨치게 만든 비운의 상대가 지금의 무당파 장문인인 은선우사였다는 것이 다소 놀라울 뿐이었다.

"화산파의 검객이라고 이름이 알려진 녀석은 그 축에도 들지 못했지. 알려진 것도 내가 보기엔 그냥 고만고만한 무림의 떨거지들끼리 노닥거리는 무명(武名)이었거든."

여양종의 말에 사마홍락이 고개를 끄덕였다.

이십 년 동안이나 무림을 종횡하고도 왜 화산에는 한 번도 발걸음하지 않았는지 그제야 이해가 갔다. 흥미를 끌 만한 검객이 전혀 없다는 뜻.

그때, 수라십팔도객 중 하나가 조용히 둘에게 말을 전해왔다.

"산문입니다."

그 말에 여양종과 사마홍락이 동시에 전방을 바라봤다.

"음?"

"어?"

산문 앞을 바라본 둘이 동시에 뜻밖의 표정을 지었다.

"북검회?"

"천룡검 장강옥!"

염세악과 장강옥이 귀를 파고드는 외침에 고개를 돌려 쳐다봤다.

일단의 무리가 다가오는 것을 본 염세악의 주름진 얼굴에 확 짜증이 어렸다.

"저놈들은 또 뭐야?"

장강옥이 본능적으로 선두에 선 초로인을 보고서 낯빛이 딱딱하게 굳어졌다. 그의 등 뒤로 삐죽 솟은 거도만으로도 충분히 정체를 알아볼 수 있었다.

'남도련의 칠절패도 여양종!'

장강옥뿐만 아니라 현무단의 무사들 또한 여양종을 알아봤는지 경악한 표정을 지으며 일제히 허리춤의 검자루를 움켜잡았다.

"여양종이다."

"남도련의 이 인자."

"칠절패도……."

소리를 억누른 나지막한 외침이 현무단 무사들 사이로 오고 갔다.

장강옥은 여양종을 응시하다가 따가운 시선을 느꼈다. 여양종의 바로 뒤를 따르는 청년, 자신과 또래로 보이는 이가 그 따가운 시선의 주인이었다.

차가운 인상에 등 뒤로 커다란 대도를 교차한 자.

장강옥은 처음 대면하는 자였지만 외양만으로도 어렵지 않게 그의 신분을 추측했다.

'섬영도룡 사마홍락.'

장강옥이 놀람을 애써 감추는 동안 남도련 역시 크게 다르지 않은 반응이었다.

북검회의 차기 회주로 회자되는 천룡검 장강옥이라는 생각지도 못한 거물을 만나게 된 여양종과 사마홍락은 잠깐 멈칫했지만 이내 흥미로운 표정을 지으며 걸음을 내디뎠다.

그들을 뒤따르던 수라십팔도객은 현무단의 무사들이 금방이라도 발검할 기세를 노골적으로 내보이자 따르던 대열에서 이탈했다.

그리고 현무단과 마주한 채로 각자 손에 든 도를 여유로운 표정으로 빙빙 돌리며 대치국면으로 접어들었다.

여양종과 사마홍락은 걸어가면서 산문 앞 한쪽에 쓰러져 있는 조천상을 힐끗 쳐다봤다.

여양종은 누군지 몰라 금세 관심을 끊었지만 사마홍락은 그가 장강옥을 따르는 사대검주 중 현무검주임을 알아보곤 여양종에게 속삭였다.

"북검회의 사대검주 중 하나인 현무검주 조천상입니다. 종남파 문인으로 천하삼십육검을 대성한 고수입니다."

여양종이 사마홍락의 말에 다시 한 번 조천상을 힐끔거렸다.

사마홍락이 따로 언급할 정도라면 무명은 아니라는 얘기였고 종남파를 상징하는 검술을 대성한 자라면 그의 기준에도 마땅히 고수라 부르기에 부족함은 없었다.

'그런데 산문 앞에 널브러져 있다?'

여양종의 눈빛에 재밌다는 표정이 스쳤다.

그는 일부러 걸음을 옮겨 장강옥과 어깨를 스칠 정도로 바로 옆에 섰다.

그리곤 장강옥은 본 척도 하지 않고 염세악을 향해 손을 모았다.

'이, 이번엔 칠절패도까지?'

'남도련의 이 인자 여양종이 어떻게 이곳에?'

어지간한 일이 아니면 표정하나 변함이 없는 홍화순과 백소령이 안색이 몇 번이나 변하며 숨을 죽였다.

천룡검 장강옥도 무시할 수 없는 신분이긴 하지만 남도련의 이 인자라는 거물은 또 다른 존재감으로 둘에게 다가왔다.

"남도련의 여 모라 하오. 귀파의 검신을……."

"합니다."

"……?"

여양종은 자신의 말허리를 끊으며 뜬금없이 말해오는 노도사를 보며 의아한 표정을 지었다.

"무슨……."

"존칭도 모르냐? 이제 새치 좀 나는 놈의 새끼가 어디서 하오야?"

"……!"

"그리고, 동도련인 서도련인지 내가 어떻게 알아? 뭐? 여모? 이런 버르장머리 없는 놈의 새끼를 봤나? 네놈 애미애비가 어른한테 그렇게 대하라고 가르치던? 엉? 너, 너 사승이 어디야? 어디 출신이야? 누가 이런 얼치기 같은 자식을 가르쳤는지 그 낯짝이나 한번 보자! 엉?"

"……."

염세악이 폭풍 같은 말을 쏟아낸 뒤 장내의 모든 이가 얼어붙은 표정으로 염세악을 쳐다봤다.

심지어 무표정으로 일관하던 수라십팔도객마저 입이 벌어진 채 넋을 잃은 표정을 지었다.

'맙소사? 지금 무슨 말을……?'

'어, 어찌 이런……!'

장강옥과 사마홍락은 아연실색한 얼굴로 염세악과 여양종을 번갈아 쳐다봤다.

홍화순과 백소령은 아예 머릿속이 하얘지며 얼굴색이 흙빛으로 변했다.

균열이 일어나듯 얼굴 전체가 일그러진 여양종은 팔을 들어 등 뒤의 도를 잡았다.

턱.

그를 본 염세악의 눈초리가 실낱처럼 가늘어졌다.

"뽑아봐. 그 순간 넌 내 손에 죽는다."

"……!"

순간, 여양종은 오싹한 느낌과 함께 전신의 솜털이 곤두서는 느낌을 받았다.

일평생 수많은 사선을 넘었어도 단 한 번도 경험한 적이 없는 느낌이었다.

그런 느낌은 비단 여양종뿐만이 아니었다.

그와 나란히 서 있던 장강옥과 사마홍락은 안색이 백지장처럼 변해 자신들도 모르게 뒷걸음질을 쳤고, 현무단과 수라십팔도객은 일시에 몸이 마비된 것 같은 느낌을 받으며 꼼짝달싹조차 하지 못했다.

멀쩡한 이는 오직 염세악의 뒤에 서 있는 홍화순과 백소령뿐이었다.

도파를 움켜쥔 여양종의 손등 위로 불끈 솟아오른 힘줄이 쉴 새 없이 꿈틀거렸다.

질식할 것 같은 정적이 모든 이의 숨을 옥죄이며 산문 앞을 잠식한 순간, 산문 안쪽에서 소란이 일었다.

"태사조님!"

허둥지둥 뛰어나온 이는 총림당주 왕심봉이었다.

그 뒤로 대장로 손괴를 비롯한 장로들이 우르르 몰려 나왔다.

전일 북검회의 배첩을 받은 일 때문에 수시로 산문 쪽을 기웃거리던 왕심봉은 염세악이 조천상을 넙다 걷어차는 것을 목격할 수 있었다.

그길로 대장로 손괴를 찾았고 부리나케 장로들이 소집되어 산문 앞까지 내려온 것이다.

한데 사태는 왕심봉에게 전해 들은 것보다 훨씬 심각했다.

폐부를 찌를 듯한 살벌한 기운이 지객당 너머 옥허궁까지 전해졌으니 뛰쳐나온 장로들이 사색이 될 수밖에 없었다.

거기다 한술 더 뜰 일이 벌어졌다.

"헙, 칠절패도!"

남천관의 관주 방도유의 목소리에 장로들이 눈을 부릅 치떴다.

식견이 넓은 방도유가 사람을 잘못 볼 일은 없을 터, 등 뒤의 도를 움켜쥐고 선 중년 사내가 칠절패도 여양종임을 단번에 눈치챌 수 있었다.

그 여양종과 태사조 염세악의 살벌한 대치를 확인했으니 장로들은 대경실색했다.

"태사조님! 여기 일은 저희에게 맡기시고."

대장로 손괴가 다급하게 염세악 앞으로 끼어들었고 그 순간이 돼서야 여양종의 손마디 위로 튀어나올 듯 꿈틀거리던 힘줄이 가라앉았다.

여양종이 사력을 다해 눈을 부릅뜨며 염세악을 쳐다봤다.

대장로 손괴가 연신 허리를 조아리며 떠들고 있었으나 전혀 듣고 있는 표정이 아니었다.

단지 손괴 너머에 있는 여양종을 무심한 눈으로 바라볼 뿐이었다.

여양종의 미간이 다시 한 번 꿈틀했으나 더 이상의 대치는 없었다.

"남도련의 부련주께서 어려운 걸음 하셨소이다. 안으로 드시지요."

북천관의 관주 대종해가 나서 예를 차렸고 다른 장로들 역시 더는 멈칫거리지 않는 모습이었다.

미리 약속이나 한 듯 태허궁의 유학선이 북검회의 사절단을 반겼고 방도유와 서림 등은 사마홍락과 수라십팔도객을 일일이 챙기느라 바빴다.

그 모습을 힐끗 쳐다본 염세악이 시큰둥한 표정을 지었다.

'초장에 확 기를 눌러놔야 되는데. 평소에는 융통성이라곤 모기 눈알만큼도 없는 녀석들이! 에잉!'

그들이 나서 이렇게 부산을 떠는 이유가 비단 북검회나 남도련의 이름이 갖는 무게 때문만은 아님을 알았다.

이제라도 뒤집어쓰고 있던 허울을 걷어내려는 것이며 더 이상 태사조에게 궂은 일을 맡기지 않겠다는 의지를 실천하는 것이리라.

그런 속내를 충분히 짐작하기에 염세악도 장로들을 나무랄 수가 없었다.

다만, 첫 대면했을 때부터 감이 좋지 않았던 여양종을 이대로 흐지부지 끝내자니 뒷맛이 개운치 않을 따름이었다.

'확! 그냥! 운 좋은 줄 알아.'

염세악이 여양종을 향해 살짝 눈을 부라린 뒤 휙 하니 뒤돌아섰다.

"니들 두 놈은 뭐해? 따라오지 않고."

홍화순과 백소령이 화들짝 놀라 허둥지둥 염세악의 뒤를 따랐다.

*　　　*　　　*

자운전 안에서 조촐한 연회가 이어졌다.

연회라고 해봐야 그동안 궁핍한 삶을 살았던 화산파가 내놓을 것은 딱히 없었다.

그래도 가짓수가 많은 이런저런 음식이 나오고 다행히 오랜 시간을 묵혀온 매화주가 있기에 손님을 맞이하는 구색을 갖추었다.

대장로 손괴 이하 화산파의 장로들은 중간의 상석에 자리하고 장강옥의 북검회와 여양종의 남도련은 자연스레 서로 반대편으로 나뉘어 좌우로 자리를 잡았다.

손괴 등이 양쪽을 번갈아 가며 덕담을 하고 형식적인 찬사를 늘어놓았지만 시작부터 착 가라앉은 연회의 분위기는 좀처럼 반등할 기미가 없어 보였다.

그도 그럴 것이 사람이 말을 하면 성의가 있든 없든 오고 가는 것이 있어야 하는데 다들 꿀 먹은 벙어리처럼 아예 입조차 떼질 않았기 때문이다.

게다가 어찌된 일인지 양측의 사람 태반이 큰 병을 앓고 있는 병자처럼 얼굴이 새하얗게 질려 금방이라도 쓰러질 듯 위태위태한 모습을 보였다.

사마홍락은 실성한 것처럼 불안한 눈길로 쉴 새 없이 주변을 살폈고, 장강옥은 넋이 나간 사람처럼 멍한 표정만을 짓고 있었다.

그나마 여양종이 나았는데 표정 없는 무뚝뚝한 얼굴로 눈앞의 술잔만 뚫어지도록 쳐다만 볼 뿐 도무지 무슨 생각을 하고 있는 것인지 알 수가 없었다.

손괴 등의 화산파 장로들은 이런 분위기 속에서 차가 입으로 들어가는 코로 들어가는지 모를 정도로 그들의 눈치를 살피다가 겨우 자리를 파했다.

그리고 양측은 안내에 따라 화산파에서 준비한 처소로 안

내되었다.

＊　　　＊　　　＊

끈덕지게 물고 늘어지던 아이들도 돌아가고 괴괴한 어둠
이 찾아들자 더 이상 육조를 괴롭히는 사람들도 보이지 않았
다.

'내가 어쩌다…….'

육조는 꼼짝달싹할 수 없는 이 난국을 어떻게 타개해야 할
지 머릿속이 뒤죽박죽이어서 깨져 나가는 것 같았다.

하지만 그 와중에도 육조는 놀라운 장면을 목격했다.

'장강옥과 여양종이 동시에 화산파에 들어오다니. 화산파
의 수단이 예상 외로 놀랍구나!'

북검회와 남도련은 둘 다 정파를 표방하지만 사실상 세불
양립의 적대적 관계였다.

그런 그들이 동시에 나란히 화산파 안으로 들어온 것이다.

한쪽은 검성의 제자이자 차기 북검회의 회주로 내정된 자,
한쪽은 남도련의 이 인자이나 사실상 남도련을 통솔하고 있
는 것이나 다름없는 자.

장강옥이야 그렇다 쳐도 성정이 불같고 저돌적인 여양종
이 아무런 사달도 일으키지 않고 장강옥과 함께 들어온 것은

놀라운 일이었다.

'대체 어떻게?'

육조는 생각하면 할수록 화산파가 무섭게 느껴졌다.

자박자박.

"······?"

그때 고요한 정적을 깨우며 발걸음 소리 하나가 들려왔다.

육조가 힘없이 고개를 들어 소리가 들려온 쪽을 바라보다 눈을 치뗬다.

'검, 검신!'

염세악이었다.

육조는 열흘 동안 화산 주변을 살피며 정풍곡을 오가는 염세악을 본 적이 있기에 그가 전설로 회자되는 검신임은 이미 진작부터 알고 있었다.

육조의 머리 앞까지 온 염세악이 쪼그리고 앉았다.

"쯧쯧! 꼴이 말이 아니구만."

"······."

육조가 염세악의 말에 이를 갈았다.

"그러게 왜 도둑고양이처럼 야밤에 담을 넘어? 화산 주변을 어슬렁거리는 거야 눈감아줄 수 있지만 이건 경우가 다르잖냐? 그치?"

"······!"

염세악의 말에 육조의 퉁퉁 부운 얼굴이 경직됐다.

"누가 보냈어?"

염세악의 눈매가 가자미처럼 쭉 찢어졌다.

"……"

"아차!"

깜박했다는 듯 염세악이 육조의 목 언저리를 엄지로 꾹 눌렀다.

뜨끔한 느낌과 함께 하루 종일 굳어 있던 혀와 턱에 감각이 돌아왔다.

"미리 말해두겠는데 혀 깨물면 홀딱 벗겨서 목에다가 '나는 무림의 특급 살수로 화산파에서 도둑질을 하다 잡혀 이 꼴이 됐소'라고 내걸어서 섬서 전역을 돌며 구경거리로 만들 것이야."

"…크윽!"

육조가 이를 악물며 염세악을 노려봤다.

염세악의 말대로 그는 혀를 물고 자결할 생각도 하고 있었다.

하지만 염세악이 이리 나오자 육조는 실행에 옮길 수가 없었다.

죽어도 싸우다 죽는 것이 무인다운 삶이었다. 그것이 설혹 한평생 살수의 길을 걸은 육조라 하더라도.

사망림의 림주로서 무음살왕이라는 명성까지 떨친 평생의 무명을 더럽힐 순 없었다.

게다가 그런 치욕적인 죽음 후의 모습은…….

육조는 생각조차 하기 싫었다.

그뿐 아니라 만일 그와 같은 상황이 벌어진다면 사망림도 끝장이었다.

용천장이 가만있을 리가 없을 테니까.

"누가 보냈냐?"

염세악이 다시 한 번 물었다.

"……."

육조는 입을 다문 채 염세악을 노려보기만 했다.

피식.

"그래. 내가 네놈들 같은 족속을 모르는 것도 아니고. 대답은 기대도 안 했다. 그냥 명분이 필요했을 뿐이니까."

'명분? 무슨 명분? 그냥 날 죽이고 마무리하겠다는 건가? 차라리 잘된…….'

"그럼 내일도 그렇게 잘 보내봐."

"……!"

순간 육조가 당황한 표정으로 염세악을 올려다봤다.

내일도라니?

"웃차!"

염세악이 무르팍을 짚으며 일어섰다.

"어차피 토설하지도 않을 테니, 앞으론 찾아오지 않으마. 여기도 나름 괜찮으니 정 붙이고 살아보는 것도 나쁘진 않겠지."

염세악이 손을 흔들며 떠나갔다.

육조는 그를 부르려는 말이 목구멍까지 치밀어 올랐지만 끝내 입을 다물 수밖에 없었다.

어둠 속에 잠긴 화산파의 야경을 바라보는 육조의 눈이 암담함으로 물들어갔다.

*   *   *

"그럼 편히 쉬십시오."

처소를 안내한 후 화산파 제자가 돌아가자마자 연신 불안한 표정으로 주변을 살피던 사마흥락이 발작하듯 허리를 꺾었다.

"왁!"

사마흥락은 시꺼멓게 물든 피를 무려 한 바가지나 토해냈다.

여양종은 그런 사마흥락을 힐끗 바라봤지만 그뿐이었다.

"우윽!"

사마홍락은 피를 그만큼이나 토하고도 연신 헛구역질을 하며 몸을 휘청거리더니 기어코 의식을 잃고 쓰러졌다.

수라십팔도객이 여양종의 눈치를 살피다가 쓰러진 사마홍락을 부축해 안으로 옮겼다.

여양종은 시체처럼 축 늘어진 사마홍락을 수라십팔도객 둘이서 양팔을 부축해 옮기는 것을 아무 말 없이 바라봤다.

"……."

잠시 후, 여양종도 사마홍락이 들어간 맞은편 내실로 들어갔다.

내실로 들어선 여양종이 내실 안으로 둘러본 뒤 성큼성큼 발을 내디뎌 침상 위에 걸터앉았다.

손을 등 뒤로 넘겨 도를 고정한 매듭을 풀려던 여양종이 멈칫 하며 눈앞으로 손을 가져왔다.

덜덜덜덜.

투박하고 거친 손이 쉴 새 없이 경련했다.

손을 바라보던 여양종이 이를 악물며 와락 주먹을 움켜쥐었다.

하지만 경련은 오히려 더욱 심해졌다.

그리고 그 떨림은 이내 온몸으로 번져 나가며 여양종의 전신이 사시나무처럼 떨렸다.

"으윽, 으으윽……."

"공자! 공자!"

한참의 시간이 흘러서야 의식을 차린 조천상은 장강옥이 침상에서 경련하며 괴로운 듯 신음을 흘리는 모습에 경악했다.

눈을 뜨고 있으니 의식이 있는 것은 분명한데 마치 몽유병에 걸린 사람처럼 동공에 초점이 없었다.

"이게 어찌된 일이냐? 대체 무슨 일이 있었던 것이야?"

조천상이 얼굴을 일그러뜨리며 호통을 쳤지만 현무단의 누구도 그의 말에 대꾸하지 못했다.

오늘 화산파를 방문한 북검회와 남도련의 인사 중 사실상 정신이 멀쩡한 인물은 조천상밖에 없다고 봐야 했다.

일찌감치 염세악에게 제압당해 혼절한 뒤로, 그 후로 벌어진 염세악의 가공할 기세에 영향을 받지 않은 덕분이었다.

조천상은 호통을 치며 묻는 말에도 대꾸조차 하지 않는 현무단을 보며 노기가 치밀어 올랐지만 이내 고개를 흔들고 말았다.

무슨 일이 있었는지 모르겠으나 겉으로 보이는 모습만으로도 현무단이 정상적으로 보이지 않음을 파악했기 때문이다.

"가서들 쉬어라."

조천상이 손을 내젓자 창백한 안색의 현무단 무사들이 간신히 예를 올리며 비틀비틀 밖으로 나갔다.

"공자……."

조천상은 장강옥의 손을 붙들며 근심 가득한 표정을 지었다.

장강옥의 상태는 조천상이 보고 있는 것보다 훨씬 심각했다.

그는 눈을 뜨고 있지만 눈에 비치는 것을 보고 있지 않았고 귀가 열려 있었지만 조천상의 말이 들리지 않았다.

'뽑아봐. 그 순간 넌 내 손에 죽는다.'

무저갱 같은 검은 눈동자가 장강옥의 머릿속을 집어삼킨 후로 끝도 없이 반복해서 걸어오는 말.

장강옥은 헤어 나올 수 없는 지옥의 나락으로 추락한 것처럼 끝없는 공포와 두려움을 느끼고 있었다.

여양종을 위협한 기세에 영향을 받은 탓이다.

몸은 멀쩡했지만 제정신으로 돌아올 수 없을 만큼 정기가 심각한 손상을 입은 것.

단 한 번 염세악의 기세를 경험한 것만으로 이리된 것이다.

"…으으, 으으윽……."

이를 악문 장강옥의 입술이 터지며 피가 줄줄이 흘렀다.

"공자!"

조천상이 황급히 장강옥의 피를 소매로 닦아냈다.

장강옥의 경지가 낮았다면 지금보다는 상태가 나았을 것이다.

또래인 사마홍락은 검은 피를 한 바가지는 토해내며 혼절했지만 그건 장강옥보다 상대적으로 심신이 약해서였다.

정기가 굳건하지 못하다 보니 기세에 영향을 받은 사마홍락은 정기가 상하기도 전에 기혈이 역류하고 내상을 입은 것이다.

그러나 검성의 하나뿐인 제자로서 내외공은 말할 것도 없고 금강과도 같은 정력(定力)을 가진 장강옥은 경우가 달랐다.

염세악의 기세를 마주한 순간 내력으로 대항했다. 사마홍락처럼 정력이 얕았다면 여기서 역부족임을 알고 두려움으로 기가 꺾였을 것이다.

하지만 남들보다 강인한 정신력을 소유한 장강옥은 여기서 수그러들지 않고 의지와 관계없이 심연 속에 웅크린 정력이 뛰쳐나와 염세악의 기세와 충돌한 것이다.

그 단 한 번의 충돌로 인해 정력에 금이 가면서 장강옥이 심각한 상태로 빠져든 것이다.

*   *   *

탁.

"아이고 골이야~!"

염세악은 매화산수와 무영수의 비급 마지막 장을 덮으며
지끈거리는 이마를 손가락으로 꾹꾹 눌러댔다.

하지만 이내 두 비급을 본 염세악이 흐뭇한 표정을 지으며
입이 귀까지 걸렸다.

틈이 날 때마다 시간을 쪼개 밤을 몇 번이나 지새운 끝에
드디어 매화산수와 무영수를 합일해 새로운 무공을 창안한
것이다.

자신부터가 불가능한 것이라고 말했지만 마음을 고쳐먹고
머리카락이 빠질 정도로 궁리를 하니 길이 보였다. 또 막상
두 무공을 합쳐 완성한 새로운 권술이 제법이었다.

'암! 누가 만든 건데?'

게다가 고심한 새로운 권술은 위력만 대단한 것이 아니었
다.

'매화산수랑 무영수를 같이 쓰면 무지 멋있거든요!'

염세악이 장평의 말을 떠올리며 너털웃음을 흘렸다.

"그래, 아주 멋있을 거다. 아주 눈이 튀어나올 정도로 화려

하게 멋을 부렸으니까."

사실이었다.

염세악은 매화산수와 무영수를 합쳐 새로운 권로를 열면서 실전적인 부분에 있어서 허점이나 위력은 반감되지 않되 대단히 화려하고 멋들어진 모양새가 나오도록 공을 들였다.

"흐흐흐! 장평, 그 녀석이 아주 좋아서 오도방정을 떨겠구만."

백 살이 훌쩍 넘은 염세악이 비밀을 간직한 사춘기 소녀처럼 혼자서 좋아라 하며 실실 웃었다.

"내일 바로 줄까?"

중얼거리던 염세악이 이내 고개를 흔들었다.

"아니지. 코피 터져 가며 고생한 시간이 있는데 좀 뜸을 들였다가 줘야지. 살살 약도 올리면서."

음흉한 웃음을 지은 염세악이 몸을 이리저리 비틀며 기지개를 켰다.

"아이구야! 삭신이 다 쑤시네."

염세악은 피곤한 노구를 이끌고 오늘도 어스름히 밝아오는 새벽을 창밖의 하늘을 쳐다봤다.

그러다 문득 염세악은 가장 중요한 것이 마무리되지 않았다는 것을 깨달았다.

'가만, 그러고 보니 이걸 뭐라 부른다? 녀석이 딱 들으면

헤벌레 하는 표정을 짓게 만들 이름이어야 할 텐데.'

염세악이 다시 턱을 괴고서 장고에 들어갔다.

말로는 피곤하다피곤하다 하면서도 전혀 그렇지 않은 듯 오히려 즐거운 표정이 역력했다.

第七章

　날이 밝자마자 조천상은 장강옥을 들쳐 업고 현무단을 대
동한 채 화산파 산문을 나섰다.

　장강옥의 상태가 심상치 않았던 것이다. 하지만 조천상은
죽어도 화산파에 이런 내막을 알리기가 싫었다.

　게다가 현무단으로부터 일이 어찌된 것인지 전말을 전해
들은 조천상은 더더욱 단 한시도 화산파에 머무르고 싶은 생
각이 없어졌다.

　천하의 여양종이 검신의 기세에 눌려 칼도 빼 들지 못했다.

　조천상은 그때서야 장강옥이 어찌해 그런 상태에 빠졌는

지 단숨에 깨달았다.

남도련의 이 인자인 칠절패도가 그 정도이니 장강옥이나 현무단의 상태가 정상이 아닌 것은 당연했다.

숫제 날아가듯 화산을 내려온 조천상은 별안간 등 뒤에서 느껴지는 불같은 뜨거운 열기에 깜짝 놀랐다.

"장 공자!"

조천상이 달리던 발을 멈추고 다급히 장강옥을 땅에 눕혔다.

"으으윽……."

내내 눈을 뜨고 있어 의식이 있는 것인지 없는 것인지 분간이 가질 않던 장강옥이 눈을 감은 채 신음을 흘리고 있었다.

게다가 온몸의 피부가 발갛게 보일 정도로 신열이 끓어오르며 온통 뜨거운 땀으로 범벅이 된 모습.

하지만 그 모습에 조천상은 오히려 화색이 돌았다.

의식을 잃은 뒤 신열까지 들끓는 장강옥이 전날보다 더욱 안 좋은 것처럼 보이나 사실은 상세가 훨씬 좋아지고 있는 상태임을 알아봤기 때문이다.

장강옥의 지금 상태는 금이 간 정력이 회복되며 손상된 정기가 정상으로 돌아오는 과정, 그것은 이제 사람이 손을 써서 고칠 수 있는 단계로 돌아왔다는 의미였다.

'설마?'

기쁜 기색을 감추지 못하던 조천상이 문득 든 생각에 반사적으로 지나온 길 쪽을 돌아봤다.

운무에 잠겨 짙은 음영만이 보이는, 하늘을 뚫을 듯 우뚝 솟은 화산.

우연이라고 하기엔 장강옥이 화산에서 벗어나자마자 상태가 호전된 시기가 너무 공교로웠다.

게다가 장강옥이 이런 중태에 빠지게 된 건 검신의 기세에 영향을 받은 것이 명약관화한 사실.

그렇다는 것은…….

'설마 하니, 검신의 기세가 화산 전체를 덮고 있음인가!'

화산을 바라보는 조천상의 얼굴에 불신과 경악의 빛이 스치고 지나갔다.

"패도께서는?"

사마홍락의 물음을 받은 수라십팔도객 중 하나가 고개를 저었다.

"아직도인가……."

여양종이 머무르고 있는 처소를 바라보는 사마홍락도, 수라십팔도객들도 어두운 표정에서 벗어나질 못했다.

사마홍락은 피까지 토하는 내상을 입었으나 하루를 정양하면서 운공요상에 힘쓰자 칠팔 할 정도는 몸을 회복할 수 있었다.

하지만 정작 겉으론 아무런 이상 징후가 보이지 않았던 여양종이 벌써 이틀 째 두문불출이라는 것이었다.

사마홍락은 짙은 한숨을 내쉬며 수라십팔도객을 바라봤다.

칼을 쓸 때를 제외하곤 언제는 한 자루 벼린 도처럼 예리한 기세를 풍기며 발톱을 감춘 맹수처럼 고요히 좌선에만 힘쓰던 도객들.

그런 그들이 파리한 낯빛으로 거처로 마련된 좁은 공간에서 숨도 제대로 내뿜지 못하는 기색으로 이리 갔다 저리 갔다 하루 종일 좌불안석인 모습이었다.

딱히 화산파에서 움직임에 어쩐 제약을 주거나 주의를 준 것은 없었다.

상기하는 것만으로도 공포를 자아내는 검신도 찾아오지 않았다.

그럼에도 그들은 마련해 준 처소에서 단 한 걸음을 밖으로 내딛질 못했다.

그게 벌써 이틀째였다.

사마홍락은 하루 전 화산파를 떠났다는 북검회의 장강옥 일행이 부러웠다.

두문불출인 여양종과 달리 그들 일행의 수장인 장강옥이

중태에 빠져 의식불명의 상황이었다고는 하지만 그의 수하들은 그래도 장강옥을 들쳐 업고 이 끔찍한 곳을 벗어났으니 말이다.

하지만 자신들은 저 좁은 문 하나를 넘을 용기가 없어 화산은커녕 처소 밖도 나가질 못하는 신세였다.

"하아……."

사마홍락이 깊은 시름이 담긴 한숨을 쉬어내며 자신의 처소로 발길을 돌렸다.

삼 일째 되던 날 두문불출하던 여양종이 드디어 모습을 드러냈다.

"어르신."

사마홍락과 수라십팔도객은 자신들을 이끄는 여양종이 처소 밖으로 나오자 길 잃은 자식이 부모를 만난 듯 그를 향해 모여들었다.

여양종은 말없이 그들을 쳐다보다가 섬돌을 밟고 내려와 출입문 쪽으로 향했다.

사마홍락과 수라십팔도객이 지체 없이 뒤를 따르자 여양종이 돌아보며 손을 내저었다.

"따라올 것 없다."

그의 말에 사마홍락 등은 적잖이 실망한 기색을 띠었지만 감히 토를 달거나 물음조차 던질 용기를 가진 이는 한 명도 없었다.

무리들을 뿌리치고 나온 여양종은 경내 중심부로 향하는 길을 외면하고 구석진 길을 따라 걸었다.

화산파 도사들과는 마주치고 싶지 않은 이유가 컸다.

그런데 길을 따라 걷기 시작한 지 얼마 안 가서 여양종은 도관이 있었다는 흔적만이 남아 있는 황폐한 공터에서 적지 않은 수의 무리를 발견했다.

하나같이 녹색 무복으로 통일된 복장을 한 일단의 검수들.

여양종의 눈이 그들이 머무르는 곳에 펄럭이고 있는 깃발을 응시했다.

'천진벽력당(天津霹靂堂)?'

무림에서 위치는 보잘 것 없으나 관부를 등에 업고 위세를 떤다는 소리를 사마군에게서 들은 기억이 떠올랐다.

그때, 다소 흥분한 듯 목소리가 높아진 그들의 대화가 들려왔다.

"당주! 언제까지 이렇게 참고만 계실 요량이십니까?"

"그렇습니다. 더 이상 이대로 여기에 발이 묶여 있을 수만도 없지 않습니까?"

"무슨 수를 내서라도 하루속히 천진으로 돌아가야 합니다."

"시끄럽다! 누가 그걸 몰라서 이러고 있는 줄 아느냐! 괴물 같은 검신이 버티고 있는데 날더러 어떻게 하란 말이냐!"

순간 여양종은 육기헌이 노해 외치는 검신이란 소리에 흠칫했다.

"하지만 아무리 그래도 이렇게 속수무책으로……."

"이놈! 닥치지 못할까! 네놈이 감히 내 면전에서 나를 업신여기는 것이냐!"

"헉! 그, 그것이 아니오라… 죽을죄를 지었습니다! 당주!"

"나는 어쩔 도리가 없다. 괜히 무모한 시도를 했다간 그 노괴에게 무슨 봉변을 당할지 알 수 없는 일이니."

"하면……."

"너희 중에 하나가 여길 빠져나가야겠다."

"저희 중 말입니까?"

"그렇다. 어떻게 할지는 머리를 맞대보고, 성공하게 되면 천진으로 달려가 이곳의 상황을 알린 뒤 조정이든 군부든 모든 수단을 동원해라. 알겠느냐?"

"명심하겠습니다, 당주."

천진벽력당의 무리와 육기헌의 대화를 듣고 있던 여양종의 얼굴에 문득 악독한 빛이 스치고 지나갔다.

여양종이 천진벽력당의 무리가 모여 있는 곳으로 다가갔다.

"실례하오."

여양종이 전에 없이 손을 모아 먼저 겸손히 예를 차렸다.

"헉! 치, 칠절패도! 여, 여여여양종!"

육기헌이 갑자기 나타난 여양종의 얼굴을 확인한 뒤 깜짝 놀라 퉁기듯 일어섰다.

여양종이 그런 육기헌을 보며 빙그레 미소 지었다.

'음? 저자는?'

홍화순이 길을 걷다 말고 멈칫하며 멀리 한곳을 응시했다.

남들과 어울리는 것을 싫어하고 조용히 혼자 있는 것을 즐기는 홍화순은 일찌감치 처소를 벗어나 따로 아침 식사를 한 뒤 소화도 할 겸 앞으로의 거취에 대해서 고민도 할 겸 해서 산보를 하는 중이었다.

'천진벽력당이 왜 여양종과?'

홍화순은 태사조에게 혼쭐이 나고서도 콧대가 꺾이지 않은 육기헌이 여양종 앞에서 쩔쩔매는 모습을 보며 혀를 찼다.

여양종 앞에선 고양이 앞의 생선처럼 어찌할 바를 모르면서 괴물 같은 태사조의 무서움을 모르는 육기헌이 어리석어 보여서다.

무슨 대화가 오가는 것인지 쩔쩔매던 육기헌이 함박웃음을 지으며 정중한 자세로 함께할 자리를 만드는 것이 보였다.

홍화순은 금세 관심을 끊고 멈췄던 걸음을 다시 옮겼다.

어차피 둘이 만나 무슨 얘기를 하든 자신과는 상관이 없는 일이기에.

'태사조님께 오늘 본 것은 고해야겠군.'

하지만 홍화순은 염세악에게 언질은 주어야겠다고 생각했다.

둘 다 화산파에서 환영받는 인물들이 아니니 좋은 뜻으로 만나는 것은 아닐 것이라 생각했기 때문이다.

하지만 그럴 필요가 없어졌다.

"갔어?"

"예. 오시가 좀 넘어서 장로전으로 기별을 넣은 후 곧바로 하산했다는데요?"

"그래?"

염세악은 요즘 홍화순 등이 머무는 처소에 죽치고 지냈다.

청아원이나 가끔 들르고 이대제자나 삼대제자들은 알아서 서로 짝을 지어 수련에 열심이라 딱히 돌아볼 구석이 없었다.

그렇게 되자 심심해진 염세악이 이곳으로 온 것이다.

되바라진 화소옥이 시비를 걸면 반응이 실해 투닥거리는 재미가 있었지만 요즘은 바쁘다고 종이쪼가리에 코를 박은 채 눈길 한 번 주지 않아 그것도 영 신통치가 않았다.

하지만 염세악에겐 아직 비장의 먹잇감이 남아 있었다.

바로 은호청, 은호열 은씨 형제다.

녀석들은 빤히 보이는 머리를 굴려 좀 풀어준다 싶으면 기어올라 골려주는 재미가 있었다.

그래서 염세악은 하루에도 몇 번씩 은씨 형제들을 말 그대로 굴렸다.

물론 그럴수록 은호청과 은호열은 죽을 맛이었지만.

홍화순이나 백소령도 있었지만 염세악은 아예 둘에겐 관심을 끊어버렸다. 무슨 말을 해도 백 마디 하면 한 마디 할 정도로 말이 없으니 흥이 날 꺼리가 없었기 때문이다.

염세악은 북검회도 일찌감치 가버리고 버르장머리 없는 동도련인지 서도련인지 하는 것들도 가버렸다고 하자 속이 다 후련한 느낌이었다.

"무슨 말은 안 했고?"

"그걸 제가 어떻게 압니까?"

장평이 말이 되는 소리를 하라며 핀잔을 주자 염세악이 '그런가?' 라는 표정을 짓다가 이내 와락 인상을 구겼다.

"근데 이놈의 자식이?"

"왜, 왜요?"

장평이 염세악의 표정에 위험신호가 떠오르자 움찔해 자라처럼 목을 움츠렸다.

"이놈이 오냐오냐 하니까 아주 이젠 기어오르려고 들어?"

"아니, 제가 언제 그랬다고……."

"닥쳐! 이놈아! 내가 이런 놈이 뭐가 귀엽다고 그 고생을 자처해서는. 에잉!"

장평이 그 말에 뚱한 얼굴로 염세악을 쳐다봤다.

"고생을 자처하다니요? 뭘요?"

"알 것 없어!"

장평은 궁금증 잔뜩 오르게 하곤 말을 해주지 않자 입을 삐죽였다.

"제가 태사조님 잔심부름 하느라 더 고생입니다 뭐."

"너 자꾸 그래 봐라? 좋은 일만 자꾸 뒤로 미뤄지지."

"좋은 일이요?"

장평이 눈을 동그랗게 뜨며 얼굴을 들이밀었다.

"아, 치워, 이놈아."

"으윽?"

염세악이 장평의 얼굴을 손으로 밀어내며 심통을 부렸다.

"맨날 나만 갖고 그러셔."

"뭐, 이놈아?"

장평이 중얼거리는 소리에 염세악이 벌떡 일어섰다.

"으악?"

도끼눈을 한 염세악을 보고서 선을 넘었다는 것을 느낀 장평은 비명을 지르며 냅다 줄행랑을 쳤다.

"저! 저? 에휴……."

염세악은 태사조인 자신 앞에서 도망치는 장평의 태도에 기가 찼지만 쫓아가서 괴롭히는 것도 귀찮았는지 고개를 흔들며 다시 자리에 앉았다.

"빨리 내뺀 거야 좋은 일이긴 한데, 좀 싱겁구만! 짜식이, 뼈다귀는 그래도 좀 강골인 줄 알았더니……."

장평을 말하는 것이 아니라 낮에 떠났다는 남도련의 여양종을 이름이었다.

염세악이 고개를 흔들었다.

"요즘 것들은 깡이 없어, 깡이. 옛날에는 실력은 쥐뿔도 없어도 악으로 깡으로 기어오르는 맛이 있었는데. 쩝."

문제는 그 옛날이 백 년 전의 까마득한 과거라는 얘기였지만.

*   *   *

화산파는 다시 바쁘지만 지루하고, 평화롭지만 따분한 일상으로 돌아왔다.

천하무림을 양분하는 세력이라는 북검회의 장강옥과 남도련의 여양종이라는 거물들이 왕림했지만 염세악이 부린 야료에 오히려 관계만 안 좋아졌다.

뒤늦게 수습을 해 친교를 유지하고자 했던 화산파의 장로들은 이 때문에 적잖은 실망감으로 한동안 실의에 찬 나날을 보냈다.

하지만 본래 고요하고 변화 없는 삶을 살아온 그들이었기에 며칠이 지나자 금세 본연의 자세로 돌아갔다.

그리고 보름 정도의 날짜가 지났을 때 전혀 예상치 못한 곳에서 한 통의 서찰이 화산파에 날아들었다.

"어디? 누구?"

"서안 성주로부터의 친필 초대장입니다."

"거긴 또 왜?"

염세악이 인상을 찡그렸다.

옛날이나 지금이나 칼 밥 먹고 사는 무림인들은 관리라면 질색을 했고 이는 염세악도 다르지 않았다.

하지만 일성을 관장하는 성주로부터 친필 서한을 받은 손괴 등의 장로들은 만면에 웃음을 지으며 말했다.

"백 년 전에 활약하신 태사조님께서 은거를 깨고 나오신 것을 들으신 게지요. 그래서 높은 도를 깨우쳐 장생불로를 이룬 것을 치하하시고 장문인과 함께 왕림하시어 장생의 도를 알려달라는 말입니다."

"장생불로는 얼어죽… 잠깐! 누구랑 함께?"

염세악이 말을 하다 말고 눈알을 부라렸다.

"성주의 부름이니 당연히 본 파의 장문인도……."

"안 돼!"

"예?"

염세악이 일언지하에 거절하는 말에 손괴 등이 당황한 표정을 지었다.

"애가 저렇게 아픈데 외유는 모슨 놈의 외유야?"

"하지만 성주가 친히 초대한 것인데 장문인이……."

"내가 가잖아!"

염세악이 우거지상을 하고서 말했다.

본래 염세악은 성주가 아니라 황제가 오라해도 갈 생각은 눈곱만치도 없었다.

하지만 와병 중인 장진무까지 오라는 말에 펄쩍 뛰지 않을 수 없었다.

그도 눈치가 있어 보아하니 둘 중에 하나는 꼭 가야 할 것 같은데 그럴 바에야 눈 한 번 질끈 감고 자신이 갔다 오고 말지라는 생각을 한 것이다.

손괴 등도 이제는 어느 정도 염세악의 성미를 아는지라 어떻게 염세악을 설득할지 가장 고심했는데 막상 염세악이 순순히 가겠다고 하자 큰 난제를 풀어 안도할 수 있었다.

그러나 융통성이 없는 손괴는 이에 만족하지 않았다.

"옳은 결정을 내리신 것입니다. 하지만 성주께서 장문인도 함께 대동하라는 말씀을 하셨…….."

'에잇! 이 늙은 것들이 진짜!'

골치가 지끈거린 염세악이 빽 소리쳤다.

"그럼 장문인 대신 너네 전부 다 나랑 같이 가."

"…예에?"

"너네가 다 같이 가면 아주 신선이 떼로 왔는 줄 알고 사람들이 만세를 부르겠구만. 그 정도면 모양새가 나잖아? 화산파라는 것도 아주 대놓고 알릴 수도 있으니. 안 그래?"

뭐가 문제냐는 투다.

손괴가 장로들을 돌아보니 나쁘지 않은 생각이라는 듯 미소와 함께 고개들을 끄덕였다.

서안행은 그렇게 본래 취지와는 다르게 뚝딱 결정이 났다.

"니들도 따라와."

"……?"

염세악이 평소와 달리 남화건으로 머리를 장식하고 검은 대쾌복으로 갈아입은 모습으로 나타나 밑도 끝도 없이 하는 말에 홍화순 등은 눈만 끔벅거렸다.

염세악의 뒤로는 화산파의 백발 노도사들이 하나같이 여

조건을 머리에 두르고 티 한 점 없는 흰 대괘복에 저마다 손에 불진까지 들고 서 있었다.

염세악의 말엔 어차피 선택의 여지가 없었지만 눈에 보이는 장면만으로도 홍화순 등은 대꾸고 자시고 할 것 없이 바로 뒤를 따랐다.

서안 성도로 가는 길에는 여전히 서로 업고 업힌 채로 힘들게 생활하고 있는 은씨 형제들도 끌려왔다.

허락 없이는 화산으로 나갈 일은 없을 것이라 말했던 염세악이 갑자기 왜 마음이 변했을까 하고 여쭤본 홍화순은 매우 간단하고도 염세악다운 답을 들었다.

"뭘 믿고 니들을 두고 가? 머리 허연 것들까지 다 따라가는데? 내빼라고 자리 펴 줄 일 있어?"

"……"

황당했지만 틀린 말도 아니었다.

하지만 같은 처지인 화소옥은 빠졌질 않은가?

"흐흐흐! 고것은 튀어봤자 저만 손해야. 그걸 고것도 알고 있고."

이미 모든 안배를 마쳐 놓았기에 염세악이 음흉한 웃음을 흘렸다.

사실, 이들 중 가장 빨리 적응한 이는 의외로 화소옥이었다.

그녀는 하루라도 빨리 목표에 도달하기 위해 침식조차 잊고 일에 몰두했다. 이제까지는 보화전장의 재력으로 돈을 물 쓰듯 하며 살아왔지만 막상 자신의 머리로 미래를 내다보며 일문의 살림을 꾸리고 재산을 불리는 일을 해보니 그 재미에 푹 빠져 버린 것이다.

요새 그녀는 밤잠을 설칠 만큼 진심으로 가진 역량을 총동원 해 화산파 살림을 살피고 있었다. 그러니 당연히 다른 속가제자들과는 다른 대접을 받을 수밖에.

염세악은 쓸데없이 시간을 낭비할 생각은 터럭만큼도 없었다.

그래서 산문을 나서자마자 아예 날아가듯 경공을 쏴대며 단숨에 화산을 내려와 서안을 향해 질주했다.

그 통에 죽어 나가는 건 화산파 장로들과 홍화순 등이었다.

결국 몇 리도 못가서 염세악이 쉬다가 일행과 조우하길 기다리고 또 그새 쌩 하니 날아가다 후미가 보이지 않으면 기다리길 반복했다.

그것도 겨우 세 번쯤 반복하자 염세악이 벌컥 화를 냈다.

"야! 이것들아! 밥 먹고 힘은 어따 쓰기에 발걸음이 이리 둔해? 제대로 못 달려?"

염세악의 말에 장로들은 기가 막혔다.

무슨 축지법도 아니고 발을 뗐다 하면 순식간에 지평선의 점이 되어 사라지는 것을 무슨 수로 쫓는단 말인가.

장로들이 그럴진대 홍화순 무리는 어떻겠는가? 홍화순과 백소령은 장로들이 닦달하고 속도를 맞추느라 단 한 번의 경공술을 쓴 것만으로 내공이 바닥나고 근력을 소모해 버렸고 은씨 형제는 출발하자마자 얼마 되지 않아 둘 다 사이좋게 토악질을 하면서 죽어라고 달려야만했다.

"업혀라."

"……!"

"아이구! 삭신이야! 이게 무슨 고생인지."

"……."

"허! 이 나이에 수발은커녕 어린 것들을 업고 뛰게 될 날이 올 줄이야."

결국 염세악의 성화에 홍화순 등은 세수 육칠십이 넘은 노도사들의 등에 업혀 서안부를 향해 달렸다.

몸이 힘든 건 장로들이었지만 홍화순 무리는 늙은 노인들에게 업혀서 가는 자신들의 신세가 죽을 맛이었다.

물론 염세악은 그런 그들의 입장 따위는 아예 생각조차 하지 않았다.

덕분에 그들은 아주 빠른 시간 안에 서안 성도에 도달할 수 있었다.

"서안부 추관 고렴이라 하오."

"……?"

염세악은 서안부 관아에 들어가 땡볕에서 한참을 기다리다 나타난 자가 추관이란 하급 관리자 뚱한 표정을 지었다. 이는 화산파 장로들과 홍화순 등도 마찬가지였다.

"성주는?"

염세악이 예법 따위는 말아먹을 직설적인 어투로 물었다.

눈치가 빠른 관계에 몸을 담은 고렴은 염세악이 유독 다른 대패의를 입고 있는 것을 보고 반색했다.

"아? 노도장이 바로 그 백 년을 넘게 장생하신 한 도장이시구려!"

"그런데, 성주는?"

염세악이 다시 물었다.

고렴은 화제를 전환하려 했지만 염세악이 서늘하게 말하자 어색한 웃음을 지으며 대꾸했다.

"하하! 이거 본의 아니게 결례를 하게 됐습니다. 사실 귀하들을 초청한 건 성주님이 아니라 바로 나요."

"……!"

순간 염세악의 노안이 눈에 띄게 일그러졌다. 장로들도 당황하긴 마찬가지였다.

"이……!"

염세악이 노해 성질을 부리려는 걸 눈치챈 손괴가 다급히 그의 소매를 붙들었다.

고렴은 그것도 모르고 저 혼자 신나 떠벌렸다.

"하지만 실망할 것 없소이다! 귀파에 이처럼 높은 도를 깨우친 도사분이 계셨다는 것을 알려왔다면 성주께서도 일찌감치 치하를 하셨을 터인데, 어찌 그러셨소? 다행히 얼마 전, 천진벽력당의 당주가 인편으로 이러한 사실을 알려와 내 성주께 상주하였으니 며칠 머무르다 보면……."

"……!"

순간 염세악을 비롯한 모두의 시선이 고렴에게로 돌아갔다.

"방금 누가 그랬다고?"

"천진벽력당의 육 당주가……."

재차 확인한 염세악의 표정이 딱딱하게 굳어졌다.

화산파 산문 앞.

여양종과 사마홍락이 화산파 현판을 바라보며 앞에 섰다.

그들의 뒤로는 수라십팔도객이 진득한 살기를 뿌려내고 있었다.

산문의 현판을 바라보던 여양종이 도파를 움켜잡았다.

꽝—!

빛이 번쩍한 순간 세월의 풍상을 버텨온 화산파 산문이 가루가 되어 폭삭 주저앉았다.

여양종이 산문 너머로 보이는 도관들을 보며 말했다.

"지워라."

순간 수라십팔도객이 손에 든 도를 빙빙 돌리며 산문을 넘어갔다.

"육기헌, 이놈이 화산에서 내빼겠다고 감히 내게 이런 장난질을 쳐?"

진노가 하늘을 찌르는 염세악의 모습에 장로들은 '일 났구나'라고 생각하며 눈을 질끈 감았다.

한편, 이런 상황을 지켜보고 있던 홍화순은 어두운 표정으로 염세악을 바라보며 몇 번이나 주저하는 빛을 보이더니 결국 그에게 다가갔다.

"태사조님."

"뭐? 나 지금 기분 안 좋다."

염세악은 속이 부글거리느라 홍화순을 쳐다보지도 않았다.

"한 가지 아뢸 것이 있습니다."

"나중에 얘기해라. 지금 네 잡담을 들을 기분이 아니다."

"태사조님, 들으셔야 할 것 같습니다."

"글쎄, 지금은……."

"천진벽력당의 당주와 여양종이 모종의 대화를 나누는 것을 본 적이 있습니다."

"……!"

순간 염세악의 거친 숨결이 뚝 그치며 홍화순을 향해 고개가 돌아갔다.

"소손이 생각하기에 천진벽력당의 무리 중 화산을 빠져나온 이가 없는데 이곳 관아가 인편으로 서찰을 받았다는 것이 앞뒤가 맞지 않고 지금 화산에는……."

꽝―!

순간 장로들과 홍화순 등이 소매로 얼굴을 가리며 뒷걸음질 쳤다.

"태사조님!"

홍화순이 하늘을 보며 고함쳤다.

손괴 등이 뒤늦게 고개를 들어 하늘을 바라보니 이미 염세악이 남쪽 하늘에 까만 점이 되어 사라져 가고 있었다.

"이리들 와보거라."

"예?"

아이들이 역강육십사궁으로 놀이를 하다가 한참 전에 본

적이 있는 남자가 손짓하자 손을 털고 일어섰다.

남자의 뒤로 한둘이 더 나오고 있었는데 나머지는 다른 곳을 갈 모양이었다.

아이 중 몇이 수라십팔도객을 이미 본 적이 있어 별다른 의심조차 하지 않았다.

"멈춰."

순간 청아원의 대형이랄 수 있는 현승이 남자의 부름에 다가가려는 아이들을 팔로 막으며 제지했다.

아이를 부르던 남자의 눈매가 귀찮음으로 살짝 일그러졌다.

뒤늦게 이탈한 두 도객이 처음의 남자에게 어깨를 툭툭 두들기며 차갑게 웃으며 현승에게로 다가갔다.

"뒤로 물러나라."

현승이 다가오는 사내들을 보며 아이들에게 말했다. 아이들은 영문을 모르겠다는 표정을 지으면서도 제일 엄하고 무서운 현승의 말이기에 군말없이 뒤로 물러섰다.

현승은 염세악에게 애늙은이라는 소리를 들을 정도로 영리하고 어른스러운 아이였다.

그래서 그들이 이미 한참 전에 화산파를 떠났다는 사실과, 사문의 누구도 대동하지 않고 그들만이 나타났다는 사실에 이상함을 감지했다.

씨익.

현승의 바로 앞까지 온 남자가 한쪽 입꼬리를 말아 올렸다.

차앙—!

주르르륵!

"……!"

사내의 눈이 놀람으로 치떠졌다.

"피했어?"

순간 세 명의 이탈 이후 다른 곳으로 옮겨 가려던 십팔도객
들이 걸음을 멈추고 고개를 돌렸다.

현승은 두꺼운 땅거죽을 한 치나 파고들어간 도를 보며 긴
장했다.

"앗?"

"대형!"

뒤늦게 놀란 머리가 굵은 아이들이 뛰쳐나와 현승의 곁에
섰다.

남자를 포함한 세 명의 도객이 고개를 갸웃하더니 도를 빙
빙 돌리며 현승과 두 아이를 향해 벼락같이 쇄도해 들어갔다.

"합!"

"이얏!"

"우왁?"

순간 현승과 두 아이가 기합과 놀람에 찬 소리를 내지르며

비껴나고, 미끄러지고, 공중제비를 돌며 세 도객과 순식간에 위치가 바뀌었다.

청아원 밖에 있던 십팔도객들의 고개가 한쪽으로 기울어 졌다.

그리고 현승과 청아원의 꼬맹이들을 바라보는 세 명의 도 객 또한 고개가 한쪽으로 삐딱하게 기울었다.

현승이 건너편의 꼬맹이들을 향해 소리쳤다.

"도망쳐!"

조금 시간을 지체해 화산파 안으로 들어선 여양종은 청아 원 쪽에서 들려오는 아이들의 울음소리를 들으며 악귀같은 미소를 지었다.

하지만 계단을 올라 좌우로 나란히 있는 취성궁과 진무궁 에 가득한 이대제자와 삼대제자들을 보며 눈살을 찌푸렸다.

"이놈들이 지금 어디서 뭘 하는 거야?"

그의 곁을 따르던 사마홍락이 대꾸했다.

"도관이 흩어져 있다 보니 처리를 하는데 지체가 되나 봅 니다."

"쯧!"

혀를 찬 여양종이 멈췄던 걸음을 다시 옮겼다.

"음?"

검술을 수련 중이던 조세걸은 계단을 오르는 여양종과 사마홍락을 보곤 흠칫했다.

'저들이 왜?'

나타난 그들의 존재를 본 다른 제자들도 의아한 표정을 지었다.

조세걸과 시선이 마주친 여양종이 비릿한 미소를 머금었다.

순간 조세걸은 무언가 잘못됐다는 것을 본능적으로 깨달았다.

'지금 본산에는⋯⋯!'

불길함을 느낀 조세걸이 앞으로 뛰어나가 여양종을 가로막았다.

여양종은 염세악이 자신에게 그러했듯 전신의 모공을 열어 기를 개방했다.

"큭?"

조세걸이 눈을 부릅떴다.

온몸의 털이 곤두서고 등 뒤로 식은땀이 쉴 새 없이 흘러내리는 소름끼치는 감각.

등 뒤로 이대와 삼대제자들이 불안한 기색을 감추지 못하고 있음이 느껴져 조세걸은 더더욱 이빨을 깨물었다.

"여 시주! 이곳은 외인의 출입을 불허하는 곳… 흡!"

조세걸은 더 이상 말을 잇지 못하고 헛바람 같은 신음을 삼켰다.

여양종이 눈꼬리를 가늘게 치켜뜨며 비릿한 웃음을 머금은 순간 온몸의 기혈이 뒤틀렸기 때문이었다.

"내가 왜 온 것 같으냐?"

음산하게 전해지는 여양종의 목소리에 일대와 이대의 제자들 대부분 몸을 떨지 않은 이가 없었다.

난생처음 겪는 초절한 고수의 진득한 살기, 삽시간에 두려움이란 거대한 그림자가 화산 제자들을 휘감았다.

그 순간 조세걸이 다급히 소리쳤다.

"표심강!"

"네, 대사형!"

갑작스레 지목 당한 이대제자 둘째 표심강이 퍼뜩 정신을 차리고 나서자 조세걸은 지체 없이 명을 내렸다.

"세현이 아래로 사제들을 이끌고 청아원으로 가라."

표심강은 잠시 잠깐 멈칫했지만 이내 조세걸의 뜻을 간파했다.

그런 것은 표심강뿐이 아니었다.

지목당한 진세현은 물론 그 아래인 이대제자들 역시 지금 무슨 일을 해야 하는지 아는 모습이었다.

이대제자들을 지켜보던 양소호가 뒤로 돌아서서 조세걸과 마찬가지로 사형제들을 하나하나 지목했다.

"너! 너! 너! 그리고 너! 사숙들을 따라가라."

지목을 당한 삼대제자들은 고개를 꾸벅 숙이며 벌써 출발한 이대제자들을 따라 청아원으로 달려갔다.

짧은 몇 마디 말에 화산파의 솜털이 막 가신 청년들과 소년들이 일사불란하게 움직이는 것을 보며 여양종은 어처구니가 없어 실소를 머금었다.

하지만 여양종의 웃음은 오래가지 않았다.

눈앞의 어린놈들이 뭔가 해보겠다고 움직이는 꼴이 자신을 무시하는 것으로 보였기 때문이었다.

'네놈들마저 나를 우습게 여기느냐.'

여양종이 스산한 표정으로 도를 빼 들었다.

스릉!

삼대의 맏인 양소호가 조세걸 옆으로 다가왔다.

"대사백!"

양소호가 조세걸의 옆에 서자, 다른 삼대제자들도 각자 합을 맞춰온 이대제자들의 옆으로 가 섰다.

조세걸이 모두에게 들으라는 듯 말했다.

"뭐가 뭔지 모르겠으면 어떻게 하라고?"

순간 이대, 삼대제자들의 얼굴에 당황함이 어렸다. 하지만 이내 한목소리가 되어 외쳤다.

"돌아라!"

순간 각자 짝을 맞춘 이대와 삼대제자들이 서로를 보며 딱딱한 얼굴로 애써 미소를 지었다.

"이놈들이 지금 뭐 하는 거야?"

여양종이 웃기지도 않는다는 표정으로 사마홍락을 돌아봤다.

'저항도 못하고 살려달라 애원할 줄 알았는데……'

하지만 그것만으로는 감히 칠절패도의 분노를 감당하기에는 턱없이 부족했다.

'오늘 화산이 지워지는 것은 변하지 않는다.'

그 순간 살기에 분노까지 더해진 여양종의 대도가 한데 뭉쳐 있는 화산 제자들을 짓이길 것처럼 날아들었다.

'끝났군!'

사마홍락은 차마 지켜볼 수 없어 슬쩍 고개를 돌렸다.

슈앙!

천지를 가를 듯한 강렬한 파공성이 터져 나온 그 순간.

마땅히 들려야 할 아비규환의 비명 소리는 없었다.

차창! 차창! 차차차창!

수십 자루 검이 콩을 볶는 듯한 쇳소리를 토해냈고 사마홍락의 눈이 번쩍 치켜떠졌다.

도기가 가르고 난 자리에서 사방팔방으로 솟구치는 화산 제자들을 보았기 때문이었다.

사마홍락의 눈이 뒤집어질 것처럼 변했으나 그 놀람은 여양종에 비할 바가 아니었다.

쐐에엑!

하늘로 치솟아 오른 화산 제자의 손을 떠난 검이 자신의 정수리를 향해 그대로 내려꽂혀 왔다.

가장 앞서 있던 조세걸이었다.

하지만 날아드는 검은 그것 하나가 아니었다.

삽시간에 팔방으로 튀어 올라 여양종을 감싼 화산의 이대 제자들이 일제히 검을 쏘았고, 여양종의 눈은 잠시 멍한 빛에 휩싸일 수밖에 없었다.

자신을 향해 쏘아지는 수십 자루의 검이 전부 능공어검처럼 느껴졌기 때문이다.

하나 여양종 정도의 고수가 그 진의를 간파하지 못할 리 만무한 일, 움켜쥔 대도를 폭풍처럼 휘둘러 수십 자루 도기를 폭사시켰다.

따당! 카카카카카캉!

도기가 거대한 그물처럼 뿜어지고 수십 자루의 비검이 속절없이 튕겨지는 그 순간 여양종은 다시 한 번 눈을 부릅뜰 수밖에 없었다.

안중에도 두지 않았던 어린 도사들이 수십 개의 돌풍으로 변해 맹렬히 바닥을 쓸며 검을 찔러왔기 때문이었다.

참으로 기가 막힐 노릇이었다.

바지에 오줌을 지려도 시원치 않을 어린 것들과 몇 번이나 칼을 섞게 되었으니 더없는 노기가 치솟았다.

슈아아악!

이 장이나 뽑아 올린 강렬한 도기가 커다란 원을 그리며 그 대로 삼대제자들을 절단 낼 것처럼 쓸어갔다.

한꺼번에 모조리 허리를 잘라 버릴 심산, 하나 결과는 예상 밖이었다.

카캉! 카카카캉!

도기에 검을 부딪치고도 주르륵 밀려나는 것이 전부일 뿐, 아니, 밀려났다 다시 돌아올 땐 그 속도가 몇 배가 빨라져 있었다.

"이놈들이!"

여양종이 일갈과 함께 움켜쥔 도에 힘을 더하려는 순간이었다.

쐐애액! 쐐액! 슈악! 슈슈슈슝!

허공으로 쳐냈던 수십 자루의 검이 다시금 자신을 향해 우박처럼 쏟아지고 있으니 기가 막힐 노릇이 아닐 수 없었다.

이미 한 번 부딪쳐 봤으니 검에 담긴 힘이 형편없음을 간파한 것은 당연한 일.

그런데도 어찌된 영문인지 허공을 팔짝팔짝 뛰어다니는 화산 제자 누구도 부상의 기미조차 없었다.

다시금 도를 미친 듯이 휘둘러 거대한 도막을 일으킨 여양종.

튕겨진 검은 또 한 번 솟구쳐 오른 이대제자들의 발끝과 손끝에 닿자마자 전보다 배가 된 속도로 여양종을 향해 쏘아졌다.

여양종의 얼굴이 벌레를 씹은 것처럼 일그러졌다.

그사이에도 바닥을 쓸며 미친 듯이 사방팔방을 휘몰아치는 어린 것들의 공세가 끝이 없으니 여양종 역시 인정하지 않을 수가 없었다.

"하하하하! 이런 꼬맹들에게 나 여양종이 진력(眞力)을 써야 한다니… 크하하하하하!"

사방팔방으로 빼곡하게 휘몰아쳐 오는 검 속에서 흘러나온 여양종의 앙천광소.

그 웃음이 뚝 그친 후 상황은 순식간에 뒤집혔다.

第八章

　이대와 삼대제자들을 이끌고 청아원으로 달려온 표심강은
한순간 얼어붙을 수밖에 없었다.

　시커먼 도기가 줄기줄기 뿜어져 청아원을 난자하고 있었
기 때문이었다.

　"정신 차리시오! 사형! 보시오! 애들은 멀쩡하오!"

　세현의 외침에 정신을 차린 표심강은 과연 그의 말대로 아
이들이 무사한 것을 보고 원시천존에게 기도를 올렸다.

　꼬맹이 수련 제자들이 담벼락 아래 부들부들 떨고 있는 것
을 보았으나 분명 멀쩡해 보였고, 열 살 위쪽의 제자들이 도

객들과 맞서고 있는데 몇몇이 위태로워 보이긴 했지만 누구 하나 큰 상처를 입은 이가 없어 보였다.

청아원 아이들을 향해 무시무시한 살초를 뿌리는 도객의 수는 모두 열여덟이었다.

"모두 조를……!"

표심강은 미처 외치기도 전에 일사불란하게 알아서 속속 짝을 맞추는 사형제들과 사질들을 보며 눈을 치떴다.

'설마, 대사형이 그 와중에 이걸 예상하고……!'

이대뿐만 아니라 삼대제자들도 함께 가라 했을 때는 그저 전력을 더하기 위한 것이라고만 생각했다.

하지만 아니었다. 어느새 평소부터 합을 맞춰온 익숙한 사 질들이 저마다 한 몸처럼 붙어 있는 모습.

표심강이 느낀 것을 다른 이대제자들도 느꼈고, 이는 어린 소년에 불과한 삼대제자들도 다르지 않았다.

그들은 다급한 와중에도 조세걸과 양소호가 왜 대사형인 지 깊이 절감했다.

표심강은 황망한 와중에도 조세걸의 판단에 경외심이 들 수밖에 없었다.

표심강이 검을 빼 들고 소리쳤다.

"이놈들! 어린아이들에게 무슨 짓이더냐!"

표심강의 노호가 담긴 목소리가 쩌렁쩌렁 울려 퍼지자 수라십팔도객이 일제히 신형을 돌렸다.

너무나 어이없고 기가 막힌 일이지만 어린아이들을 베지 못했다.

거기다 더욱 미치고 팔짝 뛸 일은 아이들은 움직이면 움직일수록 힘이 더해졌고 점점 더 여유를 부렸다는 사실이었다.

역강육십사공이 입공이 아닌 동공이기 때문에 생긴 일이며 거기에 더해진 칠성미리보의 현묘함은 패도 일색으로 도를 익힌 수라십팔도객과는 그야말로 상극의 보신경이라 할 수 있었다.

그런 내막을 알 리 없는 수라십팔도객의 분노는 순식간에 표심강을 비롯한 이대, 삼대제자들을 향했다.

검을 빼 들고 달려들었다고 해봐야 고작 열댓 살에서 스무 살 안팎의 어린 도사들.

"이놈의 문파는 전부 애새끼들뿐이냐?"

도객 중 누군가 실소를 뱉으며 이죽거렸으나 그들이 여유를 부릴 수 있었던 것은 딱 그 순간뿐이었다.

표심강이 검을 빼 들고 달려나가자 뒤따르던 이들이 일제히 산개했다.

이인 일조로 짝을 이뤄 각기 상대를 향해 쇄도하는 그 모습이 수십 자루 십자표가 맹렬히 회전하는 것처럼 너무나 살벌했다.

청아원 아이들을 향해 살초를 뿌리는 도객들을 상대로, 화산의 제자들 또한 손에 사정을 둘 이유를 찾지 못했다.

카캉!

여양종의 도에 튕겨진 삼대제자 이수가 피분수를 뿜으며 자운전 담벼락에 처박혔다.

"쿨럭!"

입가로 시꺼먼 피를 뿜어내며 부들부들 떠는 이수의 나이는 고작 열여섯이었다.

그 이수 옆으로 벌써 열댓 명이 넘는 삼대제자가 똑같은 꼴로 핏물을 게워내고 있었고, 또 그만큼의 이대제자 역시 온몸에 자상이 낭자한 꼴로 간신히 숨을 몰아쉬고 있었다.

여양종과 맞서던 제자 중 벌써 반수 이상이 움직일 수도 없는 중상을 당한 것이다.

그럼에도 여양종의 얼굴은 더없이 붉게 달아올라 있었다.

"또 안 죽었어?"

평생 도산검림을 헤쳐 온 여양종도 오늘 같은 일을 겪은 적이 없었다.

죽으라고 내지른 칼이었다.

이제껏 마음먹어 죽이지 못한 자가 없는데 오늘 그 같은 일을 벌써 수십 번이나 반복하고 있으니 분노로 머릿속이 터져 나갈 지경이었다.

그러면서도 이제는 인정할 수밖에 없었다.

허접스러운 기교라 치부했던 어린 도사들의 연수합격에 상대의 진기를 이용하여 검력을 높이고 자신을 온전히 방어하는 상승의 무리가 담겨 있음을 말이다.

그렇다고 해도 결과는 달라질 것이 없었다.

남은 이들의 전의가 혁혁할 정도로 떨어졌으니 앞으로의 일이 점점 수월해질 것임을 아는 것이다.

다만 유독 눈에 거슬리는 조합이 하나 있었다.

처음부터 앞서 조잘조잘 말이 많던 놈, 바로 조세걸과 그를 따르는 양소호였다.

벌써 몇 번이나 살초를 부딪쳤는데도 움직이고 있었다.

그 둘만 아니라면 나머지는 벌써 절단이 나고도 남았을 터, 아니나 다를까 조세걸이 필사적으로 외쳤다.

"버텨라! 조금만 버티면 정풍곡 사숙들이 올 것이다."

순간 여양종이 피식 하고 웃었다.

"정풍곡?"

조세걸은 당황한 얼굴이었다.

부지불식간 소리치긴 했으나 이 사단이 정풍곡까지 전해졌을지는 자신할 수 없었다.

그러면서 자책할 수밖에 없었다.

청아원 아이들을 돌볼 겨를은 있었지만 정풍곡에 소식을 넣는다는 생각을 하지 못한 자신의 잘못을 떠올리는 것이다.

일대제자들, 그들만 이 자리에 있어도 위기를 모면할 수 있을 것이란 확신이 있기 때문이었다.

여양종이 강하다지만 태사조의 가르침을 직접 받은 일대의 사숙들이라면 분명히 물리칠 수 있을 것이라고 믿었다.

그런 조세걸의 마음을 읽기라도 했는지 여양종의 굳어졌던 얼굴이 비릿한 웃음이 걸렸다.

"하하하하! 놈들이 오면 날 어쩔 수 있을 것 같으냐?"

"악적! 똑똑히 들어라. 그분들은 본 파의 매화검수들이시다. 사숙들이 오시면 네놈은⋯⋯!"

분기탱천하여 소리치는 조세걸, 순간 여양종의 서늘한 목소리가 흘러나왔다.

"걱정 말거라. 네놈들 다음엔 거기 들려줄 터이니. 매화검수라⋯ 매화검수. 하하하하, 그따위가 감히 나 여양종을?"

여양종의 표정이 다시 한 번 일변했다.

움켜쥐고 있던 도를 휙 하고 허공에서 털더니 그 도 끝으로 조세걸을 가리켰다.

후웅!

순간 여양종의 대도 끝으로 강렬한 기운이 줄기줄기 뭉치며 삼 장이나 길게 뻗어 나왔다.

'도강!'

순간 조세걸의 온몸이 파르르 떨리기 시작했다.

이전까지 느껴보지 못한 너무도 패도적인 기운, 그리고 그 기운이 자신을 향하고 있음에 서 있기도 힘들었다.

아니, 더는 싸워보고 말고 할 의지마저 꺾여 버렸다.

무려 도강이었다.

도객이 이를 수 있는 무극의 경지라는.

절망이라는 그림자가 조세걸의 얼굴을 뒤덮은 뒤 삽시간에 화산 제자들을 휘감았다.

모두가 끝이라는 것을 직감할 수밖에 없었다.

그 순간 맑고 깨끗하기 이를 데 없는 외침이 장내에 울려 퍼졌다.

"물러서라!"

"……!"

조세걸과 양소는 들려온 외침에 고개를 등 뒤로 돌리고는 동시에 울 것 같은 표정을 지었다.

장평이 그곳에 있었다.

그를 본 이대와 삼대제자들은 그 순간 모두 같은 얼굴이 되어버렸다. 여양종을 맞이해 그토록 용감히 싸웠던 모습은 온데간데없이 사라진 모습.

"사숙!"

장평은 조세걸이 사형이라 부르지 않고 사숙이라 부르는 것을 보며 빙그레 미소 지었다.

저벅저벅.

계단을 내려오는 장평의 모습을 보며 조세걸도, 양소호도, 그리고 사방에 피를 뿌리며 쓰러져 정신이 가물가물한 나머지 제자들도 모두 가슴에서 뜨거운 것이 올라와 눈시울이 붉어졌다.

그들도 알고 있다.

장평이 나타났다고 해서 아무것도 해결되는 것이 없다는 것을.

하지만 그가 나타난 것만으로도 조세걸 이하 모두는 위기에서 벗어난 것 같은 안도감을 느꼈다.

장평이 조세걸에게 손을 내밀었다.

"검을 다오."

"사숙……."

눈물이 그렁그렁한 조세걸과 양소호를 보며 장평은 고개를 끄덕였다.

그리고 검을 받아 쥔 장평이 여양종의 앞에 섰다.

"이건 또 뭐야?"

"……."

장평은 대꾸하지 않고 검을 사선으로 늘어뜨렸다.

여양종이 피식 웃었다.

"기백이 제법이로구나. 한데 말이다……."

장평의 옷깃이 바람도 불지 않는데 펄럭거렸다.

여양종이 말했다.

"감당할 수 있겠느냐? 너 혼자로 말이다."

쐐애애애애─!

주변의 경관이 흐릿한 잔상으로 변해 빠르게 밀려나는 착
각이 들 정도로 허공을 가르며 날아가는 염세악의 일그러진
얼굴에는 다급함이 가득했다.

'무사해야 한다! 무사하기만 해라!'

염세악은 이제껏 기도 한 번 해본 적도 없는 원시천존이니
태상노군이니 하는 것들에게 수십 수백 번을 빌었다.

'버텨라! 버티기만 해! 무조건 버텨야 한다!'

염세악은 단전의 내공뿐만 아니라 전신의 팔만사천 세맥
에 잠자고 있던 모든 진기를 폭발시켰다.

마침내 지평선 끝으로 서서히 화산이 시야에 들어오고 있
었다.

쿠아앙!

하늘을 쪼갤 듯한 파공음이 울리고 섬뜩한 빛무리가 장평

을 쓸어왔다.

쾅—!

조세걸과 양소호의 눈에 등을 지고 선 장평의 몸이 그대로 터져 산산조각이 날 듯 요동쳤다.

그럼에도 장평은 단 한 걸음도 물러서지 않았다.

주르륵.

장평의 굳게 다문 입술을 비집고 검붉은 선혈이 흘러내렸다.

산봉우리를 양단하고도 남을 도강 수십 다발이 여양종의 도신에서 폭발했다.

장평은 두 손으로 검을 붙잡고 오히려 도강의 권역 안으로 달려들었다.

조세걸과 양소호, 모두가 장평을 경이로운 눈과 넋을 잃은 표정으로 쳐다봤다.

그들 중에 누구도 장평이 검을 손에 쥔 것을 본 적이 없었다.

거의 빛에 삼켜지듯 도강 속으로 들어간 장평의 신형이 무수히 많은 잔상을 남기며 여양종을 향해 검격을 날렸다.

조세걸 등의 눈에 비친 그 모습은 마치 수십 명의 장평이 검진을 형성해 일시에 여양종에게 달려드는 것 같았다.

"저건?"

"아!"

조세걸과 양소호가 동시에 탄성을 터뜨리며 서로를 쳐다
봤다.

장평이 거의 여양종과 코앞에서 맞붙으며 아슬아슬하게
원을 그리고 있는데, 바로 삼대제자들의 검술이었다. 그런데
여양종의 도강을 피하고 공격과 방어를 동시에 펼치는 장평
의 검술은 이대제자들의 검술도 담겨 있었다.

장평의 모습을 본 제자들은 그의 모습을 보고서야 각자가
배운 검술을 한 사람이 펼칠 수도 있다는 것을 깨달았다.

츄리릿! 쓰거걱!

옆구리의 옷자락이 베여 나가고 어깨 양쪽이 동시에 새빨
간 피로 물들어갔지만 장평은 눈을 부릅뜬 채 오직 여양종을
향해 검을 뿌렸다.

"끈질긴 놈!"

여양종은 같은 검술이라는 것을 알고 있었지만 이제껏 상
대한 애송이들과 달리 노련하고 치밀한 공격에 이를 갈아붙
였다.

내공은 별로 위협을 주지 못하는데 검초는 마치 산전수전
을 겪은 노회한 늙은이처럼 원숙함이 담겨 있어 기가 막힐 지
경이었다.

그럴수록 여양종은 공력을 더욱 끌어올려 도강을 확장시

켰다.

프파파파파팡!

쐐애애액! 쿠콰콰쾅!

사마홍락은 이름도 모를 무명의 청년 도사가 여양종을 상대로 현란한 몸짓과 무서운 검속을 펼치는 것을 보며 입이 벌어졌다.

'대, 대체 저 녀석은 누구기에?'

콰콰쾅! 퍽!

찌이익!

굉렬한 충돌음과 함께 장평의 오른쪽 어깨에 주먹만 한 구멍이 뚫렸다.

"쿨럭! 커헉!"

장평이 한 움큼의 핏덩이를 연달아 두 번이나 게워내면서도 웃음을 지었다.

"이, 이노옴!"

여양종이 가슴 한쪽이 잘린 옷을 보며 노안에 핏발이 섰다.

치명적인 부상을 당하는 순간에도 장평은 그 순간 검을 앞으로 찔러 여양종의 앞섶을 가른 것이다.

탁.

장평은 외팔로만 검을 써야 할 지경에 이르자 검을 역수로 쥐었다.

"크아아압!"

목이 터져라 기합을 내지른 장평이 여양종을 향해 달려들었다.

"지독한 놈!"

여양종은 도강을 쓰지 않고 도신 자체로 장평의 검을 맞받아쳤다.

따— 앙!

하늘 위로 반 토막 난 검신이 솟구쳤다.

퍼— 억!

장평이 옆구리를 잡고 비척비척 뒷걸음질 쳤다.

여양종의 거도에 휩쓸린 장평의 옆구리가 반이나 잘려 나가 있었다.

"사, 사숙……."

"사숙!"

장평의 모습을 본 제자들이 눈물을 흘리며 장평을 소리쳐 불렀다.

장평이 괜찮다는 듯 역수로 쥔 검을 등 뒤로 돌려 장난스레 까딱까딱거렸다.

그 모습이 여양종의 분노를 부채질했다.

"이 버러지만도 못한 놈이?"

여양종이 검을 머리 위로 들어 올렸다.

장평은 겨우 눈을 반쯤 뜬 얼굴로 비틀비틀 여양종을 향해
달려들었다.

"죽어랏!'

써걱!

툭.

조세걸 등이 젖은 눈을 부릅 치떴다.

검을 든 장평의 팔이 잘려 나가며 바닥에 떨어졌기 때문이
다.

털썩.

"…크 …르륵? 크흐억?'

장평이 여양종의 앞 지면에 무릎을 박으며 검붉은 피를 쉴
새 없이 게워냈다.

"이노옴…….'

여양종은 끝이라는 듯 도신을 두 손으로 쥐고 장평의 숙여
진 정수리를 겨눴다.

"멈— 춰!'

"……!'

순간 화산 전체가 흔들리는 가공할 기운이 엄습해 왔다.

여양종이 벼락을 맞은 듯 부르르 전신을 떨며 뒤로 돌아섰
다.

남쪽 하늘의 태양에 까만 점이 점점 커지더니 순식간에 그

점이 염세악의 모습으로 변해 벼락처럼 여양종의 앞에 내려
섰다.

탁.

"거, 검… 신!"

사마홍락이 바닥에 털썩 주저앉으며 온몸을 사시나무처럼
떨어댔다.

염세악은 여양종 뒤에 팔이 잘린 채 피투성이로 쓰러져 있
는 장평을 보며 눈가를 파르르 떨었다.

여양종은 염세악을 다시 대면한 것만으로도 전신의 피가
얼어붙는 듯한 공포를 느꼈다.

하지만 그런 자신에 대한 치욕과 굴욕을 오기로 억누르며
소리쳤다.

"으하하하하! 봤느냐! 나를 멸시한 대가……."

투— 학!

순간 여양종은 천지가 개벽하는 듯한 가공할 기파가 쇄도
해 들어오자 찢어져라 눈을 치떴다.

꽈— 앙!

"크아아악!"

팔 척 거구의 여양종이 포탄처럼 튕겨 나가며 무려 십 장이
나 날아가 태허궁의 두꺼운 벽을 부수고 대자로 틀어박혔다.

염세악은 여양종은 쳐다보지도 않았다.

자박자박.

계단을 올라 무릎을 꿇고 머리를 숙이고 있는 장평을 부축한 염세악이 그를 바닥에 눕혔다.

장평이 눈을 깜빡이며 염세악을 보더니 피 묻은 입에 미소가 지어졌다.

염세악은 허리를 숙여 귀를 장평의 입에 가까이 가져갔다.

"내가 어떻게 해줄까."

장평은 말을 하지 못했다. 그저 입만 힘겹게 벙긋거릴 뿐.

하지만 염세악은 장평이 무엇을 말하는 것인지 정확히 알아들었다.

화산을… 제자들을…….

염세악이 고개를 끄덕였다.

"알았다."

장평의 피 묻은 얼굴을 소매로 닦아준 염세악이 가까이 있는 조세걸과 양소호를 손짓으로 불렀다.

"사수우욱……."

조세걸이 장평의 몸을 조심스럽게 어루만지며 눈물을 쏟았다.

양소호는 소리를 죽이며 그저 하염없이 울었다.

염세악이 둘에게 말했다.

"부축해서 장평이 날 볼 수 있도록 해라."

조세걸과 양소호가 고개를 끄덕였다.

"잘 지켜보거라. 할애비 선물이다."

염세악이 미소 지으며 속삭인 후 자리에서 일어섰다.

그리고 아직도 태허궁의 벽에 박혀서 피를 게워내고 있는 여양종에게로 향했다.

"우으윽? 크으억! 쿨럭! 쿨럭!"

"……."

염세악은 대자로 벽 속에 깊이 박힌 여양종의 모습을 가만히 응시했다.

소매 아래로 삐져나온 주먹에서 힘을 뺀 염세악이 두 손을 어깨 위로 들어 올렸다.

염새악의 소맷자락이 너울거렸다.

퍼억! 퍼억!

"크억? 컥!"

너울거리는 소맷자락을 따라 염세악의 손이 물결치듯 유려한 곡선을 그리고 그 곡선의 끝에서 손바닥과 손등이 여양종의 전신을 난타했다.

퍽! 퍽! 퍽! 퍽!

쥐 죽은 듯이 조용해진 장내에 오직 여양종의 육신을 둔중히 통타하는 타격음만이 파문처럼 작렬했다.

피를 뿌리며 비명조차 멎은 여양종이 없었다면 염세악의 모습은 마치 천상에서 하강한 신선의 춤으로 비춰졌을 것이다.

그만큼 염세악의 모습은 아름다웠고 멋졌다.

장평은 희미해진 눈을 깜박거리면서 염세악이 펼치는 동작들을 보며 미소를 지었다.

모두가 몰라도 장평은 그 동작들의 의미를 알아보았던 것이다.

뚝.

여양종의 목 언저리가 부러지는 소리가 나며 고개가 꺾였다.

퍼억! 퍼억! 퍼억! 퍼억!

하지만 염세악은 멈추지 않았다.

이미 죽어버린 여양종의 몸이 염세악의 손에 격타를 당할 때마다 들썩이며 죽은 그의 입에선 검은 피가 튀어나왔다.

쩌걱! 뻑! 쩌걱! 쩌걱!

피육와 뼈가 함께 으스러지는 소리에 이대, 삼대제자들의 일부가 고개를 외면했다.

주르르륵.

염세악은 두 손이 새빨간 피로 물들고 나서야 동작을 멈쳤다.

그리고 다시 장평에게로 돌아왔다.

"이름은 산화무영수(散花無影手)다. 널 위해 만든 거다. 오직 너만을 위해서. 너만의 무공이다."

장평은 염세악을 보려 애쓰는 듯했지만 조금씩 눈꺼풀이 내려앉아 갔다.

염세악은 장평을 품에 안았다.

"괜찮다… 괜찮아……."

그리고 머리를 쓰다듬으며 작게 속삭였다.

"잠이 오는 게야……. 자거라… 자거라. 쉬… 쉬……."

깜박깜박 하던 장평이 염세악의 속삭임을 들으며 평화로운 표정으로 눈을 감았다.

"으흐흑!"

"크흑!"

조세걸과 양소호가 장평의 경련하던 몸이 갑작스럽게 뚝 멈추자 대성통곡했다.

염세악이 장평을 눕힌 후 일어섰다.

그리고 온몸을 벌벌 떨며 엎드려 있는 사마홍락을 향해 말했다.

"가거라."

"흑?"

사마홍락은 염세악이 보내준다는 말에 기적을 본 것처럼 벌벌 떠는 다리를 짚고 일어섰다.

　　염세악이 무표정한 얼굴로 말했다.

　　"전하거라. 남도련, 내가 직접 지워주겠다고."

『마 in 화산』 3권에 계속…

면왕 백리휴

麵王體

무진등 新무협 판타지 소설

FANTASTIC ORIENTAL HEROES

'맛있는' 무협이 펼쳐진다!

가문의 선조가 남긴 비서
'백리면요결(百里麵要訣)'
모든 이야기는 이 서책으로부터 시작되었다.

『면왕 백리휴』

면요리의 극의를 알고자 하는 자,
모두 나에게로 오라!

Book Publishing CHUNGEORAM

유행이 아닌 자유추구 –
www.chungeoram.com

작가 이영후가 선보이는 야심작!
가슴을 떨어 울리는 판타지가 찾아온다!

『왕좌의 주인』

세계를 몰락 위기로 몰았던 이계의 절대자들
그들의 유적이 힘을 원한 자들을 불러들이고…
그 힘을 취한 어둠은 암암리에 세계를 감쌀 뿐이었다.

"세계를 구원할 것은 너뿐이구나."

어둠을 격정한 네 영웅은 하나의 희망을 키워낸다.
이계 최강의 절대자 티엔마르.
그리고 이 모두의 힘을 이어받은 새로운 존재…
은빛의 절대자 레오!

Book Publishing CHUNGEORAM

유행이 아닌 자유추구 -
WWW.chungeoram.com

FUSION FANTASTIC STORY

버퍼
Buffer

이영균 장편 소설

사귀던 연인에게 이별 통보를 받은 어느 날,
송염을 찾아온 기이한 인연……

『버퍼』

처음 보는 노신사와
그가 내민 소주잔… 아니 손길.

"난 그 힘을 버프라고 부른다네."

의문의 힘은 송염에게 이어지고,

"…그리고 이젠 자네가 버퍼일세."

지구 유일의 버퍼, 송염!
그 위대한 발걸음에 주목하라!

Book Publishing CHUNGEORAM

유행이 아닌 자유추구 -
WWW.chungeoram.com

FANTASTIC ORIENTAL HEROES

눈매 新무협 판타지 소설

가면의 마존

『가면의 레온』『무적문주』『신필천하』의 작가
눈매 新무협 판타지 소설

『가면의 마존』

중원을 공포에 떨게 만든 희대의 악마, 혈마존.
혈마존의 혼을 잃어버린 염라계는 결국 레온의 영혼을
혈마존의 몸에 집어넣는데!

'내, 내가‥ 그렇게 흉악한 사람이었다니! 믿을 수가 없어!'

기억을 잃은 채 혈마존의 몸에 부활한 레온.
본성이 착한 레온은 천하의 악인이 되어
혈마교를 이끌어야 하는데……

"아무래도 여긴 나랑 안 맞아!"

Book Publishing CHUNGEORAM

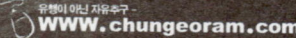

유행이 아닌 자유추구 -
WWW.chungeoram.com